脳科学捜査官　真田夏希

イノセント・ブルー

鳴神響一

目次

第一章　モーニング・クルーズ江の島

【1】＠二〇一七年八月六日（日）朝

ミルフィオリ。砕け散るような光彩の輝き。

降り注ぐ真夏の陽ざしに、真田夏希は「千の花」という名を持つイタリアガラスを思い出していた。

竜宮城をかたどった片瀬江ノ島駅の改札口を出た瞬間、なんだか陽光の輝き方が違う気がした。それに間違いなく、さわやかな潮の香りが漂っている。

目の前に見える橋のあたりから、視界が開ける。その向こうには海がひろがっているはずだった。

夏希は函館市の出身である。

幼い頃から高校を卒業するまで育った谷地頭地区は海に近い。立待岬に続く岩礁地帯のため、近くに海水浴場はないが、実家から海岸までは数百メートルの距離である。

だから、潮の香りは、夏希にとってはふるさとの匂いだった。

勤務先の神奈川県警本部庁舎のビル近くでも潮の香りを感ずる日は少なくない。

だが、いま感じている江の島の潮風は、ずっと新鮮で、ふるさと函館を思い出させた。

(舞岡から片瀬江ノ島って三十分も掛からないんだ)

湘南が遠い土地だと思っていた夏希にとっては大発見である。

都内から横浜市営地下鉄の舞岡駅近くに引っ越してからまだ日が浅い。江の島をはじめ湘南地方にはあまり馴染みがなかった。

この潮の香りを嗅ぎに、時々江の島に来てみようかな、と、そんなことを考えた。

橋の向こうから、駅舎に向かって、足早に歩み寄って来る背の高い男の姿が目に映った。

小ぶりな駅前ターミナルを、みるみる近づいて来た筋肉質の鍛えた身体は、小西行則という男だった。

「おはようございます」

(うわっ、今日もこんな感じか……)

小西のファッションセンスに引きつつも、夏希はにこやかにあいさつを返した。

「おはようございます。今日はありがとうございます」

「お待たせしちゃいましたか」

小西は不安そうに眉を寄せた。

「いいえ、でも、クルマでお見えかと思っていました」

「あ、ちょっとお酒も飲みたいんでタクシーで来ました。いまハーバーから歩いてきたところです」

小西は日焼けした顔のなかで白い歯を見せて笑った。

先週の日曜日に、元の職場の同僚だった美香という看護師の紹介で初めて会った。

地元の藤沢や茅ヶ崎でレストランを経営している男である。もっとも本人はシェフではないとのことだった。あと十日で三十二歳になる夏希より五歳年上だという。

「ふつうの結婚」を求める夏希の婚活は続いていた。

幸せホルモンと俗称されるオキシトシン。この神経伝達物質が減少すると、人間は些細なことで不安を感じ、情緒が不安定になったり、イライラを感じやすくなったりする。健康にさまざまなマイナスを及ぼすのだ。

数年前から、自分の脳内のオキシトシンが分泌不足となっていることを、夏希は痛感していた。

オキシトシンは、恋人同士のスキンシップや心地のよい性行為では顕著に分泌されることが明らかにされている。

結婚こそ、オキシトシンを恒常的に分泌させるためのもっとも効果的な手段である。

そう考えて、夏希は相手にふさわしい男を探していた。

だが、小西の線はないなと感じている。

悪い男ではない。

彫りの深いイケメンだし、夏希によく気を遣ってくれるし、頭の回転も速い。

だが、なにかがしっくりこない。

そう。センスだ。センスが合わないのだ。

今日も小西は、目がチカチカするほどド派手なクロッシェスリーブのサマーニットを着ている。誰もが知っているハイブランドの製品で二十万円くらいはするのではないか。

ボトムも頂けない。スネークと花のエンブロイダリー（刺繡）を、右腿にデカデカと施したデニムもハイブランドものだ。こちらも十五万円は下らないだろう。スニーカーも腕時計もシルバーのバングルも……すべて超一流のブランドの製品だった。

ブランドが悪いというわけではない。高品質が伴っているのがふつうである。

でも、ちょっとしたデートに、全身をハイブランドでガチガチに固めてくる男はどうかと思う。

詳しい分析を待つまでもなく、自分の内心の弱さを覆い隠そうとして、ブランドというヨロイを着ているような気がする。

そんな小西が、デートへの期待にうわずっていて可愛いと感じられるほど、夏希は大人の女ではないのかもしれない。

人間がブランドに弱いことは、脳科学でも実証されている。

二〇〇四年に米国ベイラー医科大学の神経科学者であるP・リード・モンタギューのグループが行った「コークとペプシ」実験は、ブランドが作り出す脳内変化について興味深い結論を提示している。

この実験では、被験者にラベルを隠した状態でコークとペプシを与えて、飲んでいるときの脳の活動をfMRIで計測した。fMRIは、血流量で脳内の活動を磁気によって計測する機器である。

商品名を隠した場合には、二つの商品で血流量にとくに差は見られなかった。ところが、ラベルを明らかにした場合はブランド力の高いコークを飲んだときに圧倒的に血流量が増大するケースが多かった。なんと、七十五パーセントの被験者の脳が、舌でなくコークのラベルを見て、美味しいと感じていたのである。

コカ・コーラが百年以上にわたって莫大な宣伝費を投じてきた成果というわけである。

社会心理学で古くから指摘されてきた「記号消費」という理論が、脳科学的にも実証されたとも言える。

製品の品質・性能・機能といった価値よりも、製品に付与された意味の記号性……つまりブランドの価値によって消費行動は決められるとする考え方である。

筑波大学大学院の博士課程で感性認知脳科学を専攻した夏希は、もちろんこの実験は知っている。「ブランドに騙される人間の脳」を自覚して行動したいと考えている。

だから、洋服を選ぶときにも、着心地という感覚にこだわるのかもしれない。

夏希は、肩の凝らないさりげない格好が好きだ。

着心地第一主義というのだろうか。とにかく肌触りやフィット感にはこだわる。

今日のアイテムもそうだった。

オーガニックコットンで、ふわっと丁寧に織られた白いカットソーは、着心地最高である。わずかにダメージの入ったデニムも、スキニーなシェイプなのに、ストレッチ感は抜群だった。

潮風と陽ざしよけのアウターに、キャンバス生地で仕立てたスプリングコートをバッグに入れてきた。ピカソが好んだバスクシャツメーカーが作っているこのコートは、ナチュラルでかるいフィット感が気に入っていた。

もっとも、衣服圧に関する各大学繊維学部の研究をはじめ、着心地を数値化する研究は進んでいる。さらに、着心地と脳波の関連性に関する研究も始まった。脳科学の進化により、これまで単に感覚とされてきた着心地のすべてが、客観的な数値で表現される日が来るのかもしれない。

ともあれ、小西は夏希にとって、それほど魅力のある相手ではなかった。

だが、行動を共にしているうちに、その相手のいい部分が見えてくることも少なくない。入口付近だけで、人間の価値を決めてしまうのは、つきあいの幅を狭めてしまうだけだ。

今日、江の島にやって来たのは、「どうしてもまた会いたい」という小西の言葉に抗いきれなかったからである。でも、本当をいうと、モーターボートに乗せてくれるという話には魅力を感じていた。

函館には「緑の島」と呼ばれる人工島があって、大きなヨットハーバーが設けられている。高校時代には、同級生の父親などに、よくモーターボートやヨットに乗せてもらった。短い夏にマリンレジャーを楽しむ函館人は少なくない。

東京に出てきてから、すっかり海とも離れた生活が続いている。たまには潮風を浴びて夏を楽しんでみたい。そんな気持ちで江の島へやって来たのだ。

幸いにも昨夜の雨はすっかり上がって、今朝は気持ちのよい夏空がひろがっていた。

北国育ちだからか、夏希の肌は陽ざしに弱い。長時間うっかり夏の紫外線を浴びると、小麦色になることなく真っ赤に腫れ上がってしまう。

いまはいいが、後々のダメージが心配である。

つばの広いUVカットのストローハットと、アンバー系のサングラスは、海辺では欠かせないアイテムだった。

当然ながら日焼け止めクリームも入念に塗ってきた。夏希はSPF（紫外線B波防御効果）30タイプのクリームを選ぶ。日焼け時間を三十倍遅らせる効果があるとされているが、SPF50のタイプだと肌への負担が大きい。お肌への刺激が少なく、プロテクト効果が高いものを選ぶのは難しい。

「それでは参りましょう」

気取った調子で言うと、小西は先に立って歩き始めた。

たくさんの観光客がそぞろ歩きしている目の前の橋は、境川を渡っている。

「うわーっ、江の島！」

橋の上に進むと、右手の河口に思ったよりずっと濃い青藍（せいらん）の海がひろがっている。白く小さく砕ける波の上には目指す江の島がぽっかりと浮かんでいた。一キロほど先だろうか。思ったより、ずっと近くに見える。江の島の後ろの水平線には、作りたての綿菓子にも似た入道雲が湧き上がっている。

「ハーバーまではのんびり歩いて十分くらいです」

橋を渡り終わると地下道の入口が幅広く開いていて、海沿いの国道を越えられるようになっている。

だらだらと坂を下ってゆくと、地下の小さい広場で「東浜（ひがしはま）」「江の島」「西浜（にしはま）」と通路が三方向に分かれていた。小西は「江の島」と表示がある真っ直ぐの道を選んだ。明るい陽光に向かってゆるやかに上る地下道を出たその瞬間である。

夏希は、いまいちばん見たくないものを見た。

目の前には、歩行者用の橋と車両用の橋が、二つ並んで江の島へ向かって真っ直ぐに延びている。

歩行者用の橋の手前百メートルほどのところで行く手をふさいでいるものがある。

黄色いテープの規制線と立哨（りっしょう）する制服警察官たちである。

左隣の車両用の橋には、赤色回転灯がちらちら光っている。

（あちゃ、何の現場なの）

よりにもよって、こんなときに現場に出くわさなくてもいいのに……。

パトカーと覆面パトカーが合わせて五台。警察車両の数からすると、ちょっと大きな現場のようである。

ビデオカメラや大型風防付きのマイクを手にしたテレビマンたちや、社名の腕章を巻いた記者たちも十人以上が集まっていた。

少なからぬ野次馬も規制線のこちら側で人垣を作っている。

内心で舌打ちしながらも、素知らぬ顔で夏希はゆっくりと歩いた。

「なんでしょう？　なんか事件が起きてるみたいですよ」

小西は興味津々（しんしん）の視線で規制線のあたりを見ている。

「そうですね……」

夏希は気のない答えを返した。

「ちょっと行ってみましょうよ」

「え……あの……」

止める暇もなく、小西は大股（おおまた）で野次馬たちに近づいて行った。

仕方なしにちょっと離れて後を追った。

規制線の向こうに立っていた黒っぽいスーツ姿の若い男が、こちらをじっと見ている。

（しまった！）

男はニコニコしながら、テープをかわしてこちら側へ出てきた。

「いやぁ、真田先輩じゃないっすか」

嫌なヤツに会った。

高島署に設置された前回の捜査本部で一緒になった石田三夫巡査長だ。

「先輩、ご苦労さまです」

隣に立つ小西にも気づいたらしく、石田はわざとらしく挙手の礼を送ってよこした。

神奈川県警の心理職の特別捜査官として夏希はこの四月に採用になった。警察官としては、石田より数年後輩にあたる。自分のほうがいくつか若いことを誇って、石田は夏希をからかっているのだ。

「あ、ちょっと待っててくださいますか」

小西に断って、石田を公衆トイレの蔭に引っ張ってゆく。

「やたらと声掛けないでよ。公休日なんだから」

不機嫌そのものの声を石田にぶつけた。

「真田さん、江の島デートっすか」

平気の平左で、石田はニヤニヤ笑っている。

「別にいいでしょう。わたしがどこでデートしてたって……ところで、なんで高島署が江の島の現場なんかに出張ってるの？」

素朴な疑問だった。

「俺、今月の一日付で本庁の捜査一課に異動になったんですよ」

得意さを押し殺したような声で石田は答えた。

「へぇー。出世したわけ？」

「ま。前んとこ以上に忙しくて、嫌んなっちゃいますけどね」

石田はワザとのように顔をしかめた。

「おい、石田、なに油売ってんだ」

トイレの蔭から、くたびれた薄茶色のスーツ姿の四十男が現れた。

「あ……」

「お……」

口をぽかんと開けたのは、同じく前の捜査本部で一緒になった加藤清文巡査部長だった。

こちらもいまは会いたくない人物だった。

小西のファッションもいただけないが、加藤のスーツ姿はもっといけ好かなかった。

「なんだよ、ドクターねえちゃんまでお出ましか。だけど、科捜研が来るって聞いてないぞ」

意外そうな加藤の口ぶりであった。夏希が神経科学博士号を持つことから、加藤はいつもこんな呼び方をする。

「いや、真田先輩はデートなんすよ。デートぉ」

「あ、そいつはご苦労さん」

加藤は眉をひそめて不快げな口調で言った。

別に、公休日に夏希がデートくらいしたっていいだろうに、なにが気に入らないのか。

「加藤さんも、本庁に異動になったんですか」

この問いには加藤は唇の端に苦笑を浮かべた。

「俺が本庁なんぞに行くわきゃないでしょ。江の島署に飛ばされたんですよ。ま、おとなしく釣りでもしてろってことですかね」

ふて腐れたような加藤の言葉は、本気なのか冗談なのかわからない。

「所轄間の異動なら横滑りじゃないですか。カトチョウ」

「あ、おまえ、俺が滑ったって言ったな」

「滑って海まで落っこちなくてよかったっすね」

「この野郎っ、捜査一課に行ったからってデカい面しやがって」

加藤は石田につかみかかる真似をした。

この二人はなんだかんだいって仲がよい。

だが、休みの日につきあっていたい連中ではなかった。

「じゃ、じゃあ、わたしはこれで」

小さく手を振って、夏希はトイレの角を曲がって小西の待つ場所へ戻った。

「江の島へ行かれる歩行者の方は、クルマに注意して江の島大橋を通行して下さい」

制服警官のハンドメガホン誘導に従って、境界テープから離れた夏希は、後ろも振り返らずに車両用の橋をすたすた歩き始めた。小西があわてて後を追ってきた。

現場は、警察官が集まっている右手の歩行者用橋の下らしい。

夏希はあえてそちらへは視線を向けなかった。

「あのー、真田さん、公務員って聞いてたけど、警察関係のお仕事なんですか」

並んで歩く小西が興味深げに訊いてきた。

「えへへへ、まぁ、そんなわけでして」

夏希は気味の悪い照れ笑いで答えた。

前回会ったときには「神奈川県の心理職の仕事」としか伝えていなかった。警察官となってまる四ヶ月が経ったが、職業を伝えたくない往生際の悪さが夏希には残っていた。

「どんなお仕事なんですか？」

「早く行きましょ。今日は仕事のお話は、なしにしたいんです」

「わ、わかりました」

切り口上の夏希に、小西は面食らって答えた。

橋を渡り終えると、いよいよ江の島に上陸である。江島神社への参道は古い屋並みのなかへと真っ直ぐ続く細い道だった。

「ハーバーはこのまま自動車の道を行きます」

小西が先に立って歩き始めると、すぐにマスト支柱が銀色の林のように並ぶマリーナが現れた。かつての東京五輪のときと同じく、二〇二〇年の東京オリンピックではセーリング会場として予定されている場所である。

「いまはパソコンから出艇の手続ができるんでラクですよ」

ヨットハウスの建物を通り過ぎると、高級ヨットがずらりと並ぶクルーザー泊地に出た。

「あ、小西さん、おはようございます。機関、二基とも絶好調ですよ」

Tシャツ姿の若いスタッフが、笑顔で迎えてくれた。

目の前のポンツーン（浮き桟橋）で、すごく大きなモータークルーザーのエンジンが始動している。

「僕の《ゼフィール》にようこそ」

小西は得意げに鼻を鳴らして、クルーザーへ掌を向けた。

「え……小西さんのモーターボートってこれですか」

夏希はまったく予想もしていなかった大型艇の出現に大きく戸惑っていた。

「そうですよ。プリンセス43っていうサロンクルーザーです。艇の名前のゼフィールはそよ風って意味です」

「わたしモーターボートっていうから、もっと小っちゃいのかと思っていました」

函館で乗せてもらっていた艇はちょっとした屋根があればいいほうだった。

しかし……。

「四十七フィートですから、十四メートルちょっとあります。サロンも広々してますし、四人ならゆうゆう寝泊まりできる広さです。もちろん、エアコン完備で、シャワーとトイレもきれいです」

「へぇ……すごいですね」

「キャビンはダブルバースで、下のフロアにはギャレーとシャワートイレ、ベッドルームがあります」

「はぁ……」

まさに海上を動く小さなホテルだ。

小西とホテルに来るつもりはさらさらなかった。

「あの……わたし……」

困りますと言いたかった。

小さい船で、あたりをぐるっと二、三周するようなつもりでいた。

こんな船では、沖合で長時間、二人きりになってしまうではないか……。小西とプライベートな空間をともにしたいとは思っていない。

もっと極端に言えば、海上の密室に入れられるわけだ。

「ゆったり楽しめますよ。景色のいいところでアンカリングしてみましょう」

だが、小西はそんな夏希の気持ちなど考えようともしていない。

「エンジンも暖まってますから、いつでも出港できますよ」

小西はにこやかに笑って、艇尾のタラップで夏希を差し招いた。

「さ、どうぞ」

ためらっていると、右手をつかまれた。

ハーバーのスタッフもそばにいるし、きびすを返して逃げ出す勇気はなかった。

小西にそこまで恥をかかせるのは、さすがにかわいそうだ。

仕方なくやわらかく手を振りほどき、艇尾のタラップを渡ってキャビン内に入った。

エアコンが入っていて、ひんやりと気持ちいい。

「ひ、広い……」

ホワイトレザー張りのラウンジソファは八人掛けだった。

「はは、プレジャーボートって、外から見てるよりキャビン内に入ったほうが広さを実感できるもんなんですよね」

小西は得意げに笑った。たしかに何千万円するかわからないような高級なクルーザーであって、自慢するのは当然かもしれない。

前方右側には、寄り添うように密着した二つの操舵席が並んでいた。

(なんで二つも操舵席があるんだ?)

想像に過ぎないが、オーナーが美女を侍らすための二人掛けなのではないか。

小西は操舵席の左側にある小さい木製ドアを開けた。

「ほら、バウ(舳先)側にもベッドルームがあるんです」

楕円形のサーフボードを短くしたような左右の窓と天窓を持つ細長いスペースが現れ

た。木目を多用した部屋の中央には、ダブルベッドが鎮座している。

　夏希としては引かざるを得ない。

「まぁ、大勢乗り込んで、このマットの上で車座になって飲むときくらいしか、使っていませんがね」

「はぁ……なるほど」

　たしかに、シーツなどは敷かれておらず、使用されている形跡はなかった。

「陽ざしがキツくてもよければ、フライブリッジに行きませんか」

「えと……どこですか？」

「キャビンの屋根上にも操縦席があるんですよ。眺めがいいですよ」

「ええ、ぜひそちらに」

　少なくとも密室空間よりはマシだ。

　小西に続いて艇尾のステンレスラダーを伝って、屋根上に出た。

　ポンツーンに居並ぶ高級セーリングクルーザーやモータークルーザーが一望できる。

　なるほどこれは眺めがいい。

　陽ざしは覚悟してきたので、しばらくはここにいよう。

「出ますよ」

　スタッフがもやい綱を解いてくれて、ふわっと船は出た。

　小西は真剣な顔で革巻きの小ぶりなラット（舵輪）を握っている。

函館で乗せてもらっていたヨットのラットよりずいぶんと小さい。まるでクルマのステアリングのようである。これだけ大きな船を動かす舵なのだ。きっとパワステなのだろう。

ハーバー内には高級ヨットがひしめいている。ほかの船にぶつけたら、大変なことになってしまう。

ポンツーンを無事に出るまでの小西の横顔はきりっとしていて魅力があった。

ハーバーを離れると、小西は徐々にスピードを上げていった。

エンジン音が高まって、江の島が右手の後ろへどんどん遠ざかってゆく。

やがて船体はゆるやかに弧を描いて沖合へと出た。

舳先が軽快に波を切り、しばらく海岸沿いに西へ進んだ。

夏希に操舵技術の巧拙はわからない。

しかし、こんな大きな船を自在に操る小西には、尊敬の念を禁じ得なかった。

ほとんどペーパードライバーの夏希としては、クルマの何倍もある船をコントロールできる能力は、まるで魔法のように思えた。

「ほら、あれがサザンの歌に出てくるえぼし岩です」

小西が海岸側の岩礁を指さした。

えぼし岩という名前は知っているが、サザンオールスターズは、夏希の世代の音楽ではない。函館の母がサザンの大ファンである。

「そうだ。サザンでも掛けましょうか」

小西が計器盤のスイッチに手を触れた。

えぼし岩を歌う桑田佳祐の声が響いた。なかなかいい音質だ。フライブリッジには、防水スピーカーでも装備されているらしい。

桑田の声は嫌いではない。ただ、タイミングがあまりにジャスト過ぎて複雑な気持ちだった。

いつも小西は、ここでサザンを掛けるのだろうか。岸辺の景色に合わせてアナウンスを流す遊覧船のようである。

「この艇は一九六五年に設立されたプリンセスヨットという英国最大のメーカー製ですが、なんとルイ・ヴィトン・グループ唯一のボートビルダーなんですよ」

サザンにはかばかしい反応を示さなかったからか、小西は話題を船に転じた。

「へえ……ヴィトンですか」

そのビルダーが資本的にルイ・ヴィトン傘下に入ったということなのだろうが、ヨットメーカーとしてどんな意味があるのだろうか。

茅ヶ崎沖で大きく弧を描いて、クルーザーはふたたび江の島近くに戻ってきた。

「東浜の沖です。こんなところにもアンカリング・ポイントがあるんですよ。下へ降りましょうか」

エンジンの音が止まった。

サロンで待っている間、小西は外のデッキで作業していた。錨を投じているらしい。

窓の外遠くに、江の島へ渡る橋が延びていた。

赤色回転灯がまだ光っている。

戻ってきた小西は、氷がいっぱいに入ったワインクーラーを手にしていた。

「さぁ、一杯やりましょう。クリュッグです」

ソファの近くにあった棚からグラスを二つ取り出した。

音を立てずにうまく栓を抜いた小西は、手早くグラスに注いだ。

「シャンパンですか」

「はい、シャンパーニュの帝王って呼ばれてます。完璧な醸造とブレンドはほかに類を見ません」

口をつけてみた。

たしかにまろやかでクリーミーな泡立ちが舌の上で無邪気に跳ねる。

香り高く豊饒なのに、さわやかさを失っていない。

このバランスのよさはクセになりそうだ。

「レストラン関係だけあって、さすがにお詳しいですね」

この言葉に小西はちょっとムッとした顔を見せた。

「僕はクリュギストなんですよ」

「なんです、それ？」

「フランスを始め、世界中にいるクリュッグ愛好家のことです」

「となると、わたしはシェリーイストです」

そんな言葉は聞いたことがないが……。

「へぇ、シェリーがお好きなんですか」

「栓開けても悪くならないじゃないですか。一人でワインのフルボトル開けると、残して悪くしちゃうか、飲み過ぎて二日酔いになるかですからね」

「なるほど……」

小西は鼻白んだ顔で答えた。

いい加減、このブランド小僧が大人になったような男と、二人だけの空間にいることに疲れてきた。

先月、織田信和とデートしたときには、出会ってすぐに好感を持ってしまった。

となると、夏希は相手の人間性を知りたくて我慢ができなくなる。矢継ぎ早の質問の上に心理テストまでしてしまって墓穴を掘った。

結局、織田は警察庁の人間で、仕事がらみで近づいて来たことがわかり、プライベートなつきあいが始まることはなかった。

いま、夏希はこの小西という男への関心を失ってしまった。相手の人間性を知りたいという欲求が少しも湧いてこなかった。

「ここは冬の夕方がいちばんきれいな場所なんです」

「冬はもっときれいなんですか」

「ええ、一度お見せできたらなぁ」

窓の外にひろがる海を見つめながら、小西がつぶやいたひと言は夏希の胸に沁みた。

(この人はあたしを少しでも楽しませようと一所懸命なんだ)

さっきだって、タイミングを見計らって、わざわざサザンを掛けてくれた。

そんな男性が、まわりにいた試しはないような気がする。少なくとも、ここ数年は存在しなかった。

センスが合うとか合わないとかで、小西にあまりにも冷たい態度を取り続けていなかったか。

自分がとてつもなく薄情で嫌な人間であるかのような気がして、夏希は落ち込んできた。

小西が親切な男であることは間違いなかった。夏希の身体に触れるような行為も、乗船時以外にはなかった。小西は終始、至ってジェントルであった。

だが、夏希はいろいろなことを考えすぎて、一時間あまりのクルーズでクタクタに疲れ切ってしまった。せっかくのクリュッグもあまり進まなかった。

元気のない夏希を見て、小西は不安そうに眉をひそめた。

「船酔いさせてしまいましたか。波は静かなんだけど」

「ごめんなさい。やっぱり船って慣れてないんで……」

これは嘘だ。函館では小さい船で半日、遊んでいても何でもなかった。

「予定を切り上げてハーバーに戻ります」

「ありがとうございます。助かります」

錨を上げたクルーザーはすぐにハーバーに戻っていった。

タラップからコンクリートを踏み、無事に上陸した夏希を解放感が包んでいた。

船から電話で呼んだのか、ヨットハウスの外にはタクシーが待っていた。

「稲村ヶ崎にある僕の店に行きましょう。ほかにもあるけど、その店が近い」

お腹は空いていなかったが、とりあえず一休みしたかった。

タクシーは車道橋の江の島大橋を進んで島を離れてゆく。

現場付近に近づくと、橋上には警察車両が三台ほど残っていた。マスコミはすでに引き上げたようだが、野次馬たちはまだ少なからず集まっている。

見覚えのある県警本部の鑑識課と思しきグレーのバンもいる。

刑事課員たちの捜査に先立って鑑識作業は行われる。一時間半も前に加藤や石田がいたのに、まだ鑑識課員が残っているのだろうか。

バンの近くに見覚えある青色の現場鑑識作業服姿の男が見えた。その隣には黒い影が……。

「あっ！　運転手さん止めて！　降ります」

タクシーは急停止した。

「ごめんなさい。小西さん。急に仕事ができちゃいました。あとで合流しますから、先に行っていて下さい」

開いたドアから飛び出て、夏希はペコペコ頭を下げた。

「はぁ……お電話下さい。後でお迎えに上がります」

窓から顔を覗かせる小西に、夏希は手を振ってきびすを返した。

タクシーが走り去る音が背後で響いた。

七メートルほど先で、一頭のドーベルマンがシャキッと立って夏希を見ている。

「アリシア！」

夏希はたまらず、シャープな黒い影に駆け寄っていった。

ハーネスを付けられて仕事中なので、アリシアは微動だにしない。

だが、黒いつぶらな瞳が夏希をじっと見つめている。

「会いたかったぁ」

夏希はアリシアの首を両手で抱いて、長い顔に自分の顔をくっつけた。

いつの間にかアリシアの匂いも少しも嫌ではなくなっている。

アリシアはほとんど動かず、夏希にされるがままになっていた。

身体を離すと、アリシアは夏希の掌をペロペロなめた。

嬉しくて夏希は、アリシアの頬のあたりをなで回した。

くううんと小さく鳴いてアリシアは答えた。

アリシアは刑事部鑑識課に所属する新米警察犬である。カンボジアで地雷探知犬をしていたが、ゆえあって神奈川県警察に採用された。

先月の事件では、夏希の生命を、すんでのところで救ってくれた。小さい頃から抱き続けた夏希の犬恐怖症は、アリシアによってすっかり治ってしまった。

先週の土曜日に偶然会っているので、一週間とちょっとだが、夏希は長い時が経っているような気がしていた。

「あのさぁ……」

リードを手にしてかたわらに立っていた現場鑑識作業服の男が声を掛けてきた。アリシアを恋人のように愛している刑事部鑑識課の小川祐介巡査部長である。

「なんで、真田がここにいるわけ？」

夏希と歳も変わらないくせに、またも呼び捨てだ。

「真田さんって呼びなさい」

小川は口の中でモニョモニョと答えた。

「それより、アリシアが登場するような事案なの？」

「んーとさ、真田の香水がプンプン匂ってる。仕事の邪魔なんだけど」

小川は見当違いの答えを返してきた。

前の事件の時に、アリシアの嗅覚を混乱させると小川に注意されたので、勤務日にフレグランスはいっさい使わなくなった。

だが、オフだからこそ、ささやかな香りも楽しみたかった。

今日は「ジャドール」を選んできた。実在しない理想の花の香りを追求したフローラル系のオードゥ・パルファンである。

「ごめん、でも、ここでアリシアに会うなんて夢にも思わなかったから」

「小川さん、野暮なこと言いっこなし。真田先輩、デートだったんすよ。金持ちそうな男と」

石田がにやにや笑いながら言い添えた。

「ふぅん、さっきのタクシーの男か……ほっぽっといていいの?」

さして関心がなさそうに、小川は車道橋の陸地側を見やった。

「大丈夫、後で合流するから」

「まったく。横浜の別の事案の現場からこっちへ急行だよ。アリシアを休ませる暇もない」

小川は舌打ちしながら、上官への愚痴を口にした。

「どんな事案なの?」

「コロシだよ。現場見る?」

小川は素っ気なく答えた。

(殺人事件か……)

降り注ぐ陽ざしが急に暗くなったような錯覚を感じた。

もちろん、夏希は殺人事件の現場など見たことはない。

こころのなかで、黒雲のように恐怖感が渦巻き始めた。

問いに答える前に、背後から低い声が響いた。

「そいつはやめといたほうがいいな」

いつの間にか加藤が立っていた。

「素人にホトケなんて無理だよ」

小馬鹿にしたように手を振る加藤を見て、夏希の負けん気がむらむらと沸き起こった。

「えっと、わたしも一応、以前は医者やってましたんで……解剖の経験もあります」

精神科医としてしか臨床経験は持っていないが、人の死に対して決して素人ではない。

「そういうのとちょっと違うんだよなぁ」

気難しげに、加藤は眉間にしわを刻んだ。

「わたしも警察官なんです」

「じゃ、ま、無理には止めませんけどね」

加藤はふんっと鼻を鳴らした。

「現場はこの下の江の島弁天橋の橋脚です」

さすがに石田の声からも浮ついた調子が消えている。

規制線の両脇で立哨していた警察官が、両手を開いて制止するそぶりを見せた。

カジュアルな格好の夏希を、野次馬と思ったのだろう。

「こっちですよ。真田警部補」

石田の声に、二人の警察官はあわてて挙手の礼を送って、テープを持ち上げてくれた。

公衆トイレの東側に砂浜へ降りるコンクリート階段があった。

江の島へ続く砂嘴の根元にあたる砂浜である。

石田に続いて階段を降りると、右手の江の島弁天橋の橋脚が砂上に真っ直ぐに並んでいる。百メートルほど先で橋は海上に突き出るかたちとなって、橋脚を波が洗っていた。

数人の背広姿が見えるのは、ちょうど橋が海にかかるあたりだった。

右手には境川が流れていて、川が海に注いでいる河口付近でもあった。

砂地は固くしまっていて、夏希のマニッシュシューズでも難なく歩けた。ボートに乗るので、歩きやすい靴にしてきてよかったと夏希は思った。

私服警察官が立っているところは、干潮で海水が引いた後のような砂浜だった。

「ここ海に浸かる場所なのね」

「ええ、この季節だと六十センチくらい潮位が上がりますね。いまは引いています。午前十時過ぎ頃が最大干潮だったようです」

私服警察官たちがけげんな顔で夏希を見た。

「科捜研の真田主任が臨場されました」

石田の声に、男たちは、まちまちにあごを引いた。

目の前の波打ち際の橋脚の低い位置にブルーシートが巻き付けてある。

「すみません、シート外して下さい」
石田の声に反射的につぶった目を、勇をふるって開いた。
橋脚の根元が海藻やフジツボで汚れている。
その下の砂浜に、夏希は視線を移した。
夏希は見てしまった。
男の首より上が、砂浜から突き出ている。
ちょうど頸椎の終わるあたりを波がさらっていた。
振り乱した髪は海水に濡れて、陽光に光っている。
視界に飛び込んだ男の顔が、夏希の視神経に電流を走らせた。
血の気を失った顔中に断末魔の苦悶に歪んだシワが刻まれている。
目をかっと見開き、舌が飛び出ていた。
「きゃあっ」
夏希は背中に冷や汗が噴き出るのを感じた。
遠近感がおかしくなり、男の顔が大きくなったり小さくなったりした。
耳鳴りとめまいが襲ったと思ったら、目の前がすーっと暗くなった。
「大丈夫っすか」
頬を叩かれて気づいた。
石田が夏希の上体を抱え起こしていた。

「あ、頭低くして……」

「あ、はい」

石田はあわててハンカチをポケットから出して砂地に敷くと、夏希の頭をその上に横にした。

視界に青空がのどかにひろがった。

（迷走神経反射だ……）

疑いようもない自己診断だった。

迷走神経は、十二対ある脳神経の一つで、運動や興奮によって上がった心拍数を抑える機能も持つ。だが、この症状は本来下げるべきでないレベルまで心拍数を下げてしまった状態である。脳への血流量が不必要に減少する結果、失神症状を引き起こす。

精神的ショックのほか、眼球や頸動脈（けいどうみゃく）、みぞおちへの圧迫、排便時のいきみなど、迷走神経反射の原因は多々ある。児童や生徒が長時間の朝礼などで倒れるケースもこの迷走神経反射の症状のひとつとして数えられる。

いまの夏希の場合は、精神的なショックが引き金になったことは言うまでもない。大脳への血流を増やしてやらなければならないので、頭部を高くしてはいけない。とっさの場合に、石田がハンカチを犠牲にしてくれたことは意外だった。

しばらく横になっていたら、すっかり落ち着いた。手首で自分の脈拍を測ると正常値の範囲に落ち着いている。上体を起こしてみると、なきがらにはすでにシートがかぶせてあった。

いつの間にか、加藤や小川、アリシアも近くに来ていた。

「だから、言わんこっちゃない」

加藤が大きく舌打ちをした。返す言葉がなかった。

アリシアが近づいて来て、夏希の顔をぺろりとなめた。

「ありがとうアリシア……」

夏希はじんときて、アリシアの頭を撫でた。

「家まで送る手配をしましょうか」

石田が気遣いを見せた。いつもとはえらい態度の違いだ。弱っている女子にはやさしいのか、自分が現場に引っ張ってきたという自責の念があるのか。

「仕事が済むまで待ってたら、うちのバンで送るよ。どうせ戸塚の訓練センターにアリシアを送ってかなきゃならない。ついでだから」

小川の発言は親切ととってよいのかよくわからないが……。

「大丈夫です……」

夏希はよろよろと立ち上がった。

片瀬江ノ島の駅まではわずかに十分弱だ。

精神的なダメージを受けただけだから、歩けないはずはない。

「皆さま、ご迷惑を掛けました。お先に失礼します」

恥ずかしさを隠してあいさつをして、夏希は現場を離れ砂地を歩き始めた。

駅まで辿り着いた夏希は、「仕事の都合で抜けられない」と小西の携帯に詫びを入れた。

デートを継続する気力は残っていなかった。

驚いたことに小西は、「また、会いたい」と言ってきた。

素っ気なく振る舞っても、夏希への関心は薄れていないようだった。また連絡すると言って夏希は電話を切った。

「そうか……」

小西にあまり関心がなかったから、余計な質問をしなかった。そのために「ヘンな女」だと思われなかったということか。

織田の場合と正反対である。

つまり、自分は好意を持った相手には不気味がられるという傾向を持っているのではないか。しばし、夏希は考え込んでしまった。

戸塚駅前の百貨店で、ナスとグレープフルーツのサラダや鶏ハムなどの惣菜を買い込んだ。料理する気にはなれなかった。

横浜市営地下鉄の舞岡駅は、大ターミナルの戸塚駅の隣なのにもかかわらず豊かな自然が残っている。横浜の軽井沢と友人たちに反語的にからかわれるが、大好きな町だ。

油蟬の声が木々の枝から降り注ぐ道を歩いてゆくと、低層賃貸マンションの白い外壁が、高台の中ほどに見えてきた。

準キャリアの夏希は、独身寮に入る必要もなく、採用前から住んでいるこの部屋で住み続けることを許されている。

昼過ぎには自分の部屋に戻ってきた。

オーディオのスイッチを入れて、とりあえず鎮静用のBGMを流す。

エアコンが効いてくるのを待って、ベッドに身を投げだした。

マックス・リヒターの『フロム・スリープ』というアルバムを選んだ。ネットで偶然出会った英国の作曲家だった。

ニューエイジ系と言うより環境音楽である。心を静めてゆくのには効果が高かった。

リヒターは「睡眠するための音楽」という作曲コンセプトを展開している。夏希には、なんとなく現代のエリック・サティという気がしていた。

ダルなピアノに、ゆるやかなチェロが心地よくかぶってゆくなか、夏希は目を閉じた。

今日は参った。死体と言っても、医療の現場で見るものとはまったく違った。病理解剖では、一度も見た経験のない遺体の表情だった。

夏希は法医学教室にいたわけではないので、他殺死体などを見るのは初めての経験だった。

死者の断末魔の表情は、永遠に忘れられるものではない。

（仕事間違えたかな……）

不安が夏希の心を重苦しく包んでいた。

患者の人生を支えなければならない重みに耐えかねて、精神科の臨床医を辞めた。

研究分析職に就くつもりで、心理職の特別捜査官試験を受けた。

修士課程までに得た医学、博士課程で学んだ脳科学と臨床心理学の知識、精神科医とし培った臨床経験を活かせる仕事だと思っていたからである。

その点では間違っていなかった。配属先も科学捜査研究所で、専門職としての仕事が始まった。

だが、一方で夏希は警察官でもあった。

警察官にもいろいろな仕事があろう。だが、刑事部所属の科捜研は刑事警察にこそ必要な機関であり、今日のような現場と密接につながっている。

(慣れることができるだろうか)

不安は、しばらく夏希の心にからみ続けていた。

そのままぼんやりと時をすごしているうちに、窓の外は茜色に染まってきた。

夏希はその日の嫌な記憶を、こころの中から追放するメソッドに取りかかった。

精神科の臨床時代に自己訓練で身につけた、夏希独自のストレス解消メソッドである。

まずはハーブ&ソルトのお湯に浸かり、ゆっくりとくつろぐ。

今日は鎮静効果の高いラベンダーを選んでみた。

バスルームでもBGMは欠かせない。ヒーリング系のコンピレーションアルバムを流す。

ぬるめの湯に長時間浸かっていることが効果を高める。

バスタブで身体を伸ばして、両足の爪先部分を湯から上げてみる。

ピンクオレンジのペディキュアが少し剝げかけていた。

マニュキュアは職業柄、目だないように透明のものを選んでいるが、足くらいはお洒落したい。

アクリルのネイルチップやジェルならもっと保つのだろうけれど、なかなかネイルサロンに行く時間は取れそうもなかった。

（うーん、ちょっと塗り直したいけどなぁ）

そんな気力は残っていそうもない。

それでも湯から上がると、髪の毛とお肌のケアには時間を掛けた。

海の上で紫外線を長時間浴びたのだから、放置しておくわけにはいかない。

気力を振り絞って、夏希はメイクアップミラーに向かった。

紫外線によって皮膚のDNAは傷つく。そのダメージは少しずつDNAに記憶され、三十年くらい蓄積されると、遺伝子に致命的なダメージが発生してシミができる。

夏希は三十を過ぎているのだから、いつシミが出てもおかしくない。

DNAのダメージを回復し、シミの原因であるメラニンを減らす機能を持った「ビタミンC誘導体」の入った化粧水を使うようにしている。

ケアの合理性を考える以前に、ダメージへの恐怖から解放されたい気持ちに衝き動かされた、一種の逃避行動に過ぎないのかもしれないが。

リビングに戻った夏希は、冷えたマンサニージャをグラスに注ぎ、皿に移した惣菜に箸をつけた。

あまり食欲はなかったが、それでも半分くらいは片づけられた。

食後には『マンマ・ミーア!』のDVDをケースから取り出した。

ずいぶん前に買っていたのに、なぜかいままで食指が動かず、視ていなかったミュージカルである。

母と年ごろの娘の家族をめぐって、エーゲ海の小さな島のホテルで繰り広げられるロマンティック・コメディ。ABBAのヒット曲で構成される、大ヒットジュークボックス・ミュージカルである。メリル・ストリープが主役のシングル・マザーを演じている。

あかるい世界にどっぷり浸って、今日の嫌な想い出を一刻も早く忘れたかった。

効果はあった。笑ったりジーンときたりしているうちに、夏希のこころはほぐれてきた。

シェリーの酔いも手伝って、いつの間にか夏希は寝入っていた。

ふと気づくと、闇の中に逆さづりの死体が浮かんできた。

見開かれた両眼、飛び出た舌。

「きゃあっ」

自分の声に驚いて、夏希はタオルケットをはね除けて上体を起こした。

風の音が静かに森の木々を揺するさらさらという音が響くばかりだった。

夏希はサニタリーに行ってかるく顔を洗った。

その後もわけのわからない悪夢にうなされた。

夜明け頃、背後の森で朝鳥がかまびすしく鳴く声を聞きながら、夏希はやっと安らかな眠りに就いた。

【2】@二〇一七年八月七日（月）朝

翌日は、昨夜の嫌な気分を少しでも晴らしたくて、かろやかな服を選んだ。

ふわっとした白のシフォン・カットソーに、ネイビーのコットンジャケットを羽織る。

ベージュのチノパンの足元は、歩きやすいネイビーレザーのフラットシューズで固めた。

いつ現場に出されるかわからないから、最近はきちんと歩ける靴だけを選ぶことにしている。

科学捜査研究所に出勤すると、すぐに所長の山内豊警視に呼ばれた。

（おやおや、所長がお呼びか）

どうせ楽しい話ではない。前回はいきなり現場に出されて、連続爆破事件捜査の中心に座る羽目になった。

海を背にして制服姿で机の向こうに座る山内所長は、なぜかにこやかに微笑んでいた。

だが、表裏定かでない所長の笑顔は曲者なのだ。

横にはスーツを着た心理科長の中村一政警部が不機嫌そうな表情で立っていた。これは科長のいつもの顔つきなので気にすることはない。

「昨日の未明、藤沢市片瀬海岸の江の島弁天橋橋脚で他殺死体が発見された。江の島署にはすでに特別捜査本部が設置されている」

山内所長はゆったりとした調子を崩さずに続けた。

「知っています」と言いかけて夏希はあわてて口をつぐんだ。

デートの事実もそうだが、頼まれもしないのに臨場して、ぶっ倒れたことを所長に知られたくはなかった。

いずれ伝わるかもしれないが、とりあえずは隠しておきたい。

「真田分析官、またも君の活躍が期待される」

山内所長は満面に笑みをたたえた。

(な、なによ……)

不安な予感に夏希は一歩後ずさりした。

続いて山内所長の口から出た言葉は意外なものだった。

「本日より江の島署に設置された特別捜査本部に参加するように」

一瞬、昨日見た死体の姿が蘇り、夏希を嘔吐感が襲った。

「なぜ、わたしが捜査本部に」

「それがね……ご指名なんだよ」

山内所長はあいまいな表情を浮かべた。

「あ、黒田部長がご指名下さったんですか」

黒田友孝刑事部長は、神奈川県警初の心理分析官である夏希に期待を掛けてくれている。

「いや、犯人からだ」

「何ですって！」

夏希は大きな声を出してから、口を押さえた。

「ま、有名税というヤツかね」

山内所長は中村科長にあごをしゃくった。

「今回の犯人を名乗る人物から、本庁に『かもめ★百合』に対する挑戦状が届いている。黒田刑事部長から真田に出動要請があった。すぐに江の島署に急行してくれ」

中村科長は無表情に告げた。

かもめ★百合は、前回の事件で、行きがかり上、作ることになったハンドルネームである。巨大SNSで、夏希を示すアカウント名だった。

神奈川県警察の心理捜査官として連続爆破犯と対峙するために必要だったのだが、まさか今回の殺人事件の犯人が、かもめ★百合を指名してくるとは思いもしなかった。

「君はまた科捜研の名を高めてくれよう。詳しいことは捜査本部で訊くように」

　山内所長は相変わらず気味の悪い笑みを浮かべている。

「えーと、電車で行けばいいですか」

「いま駐車場に鑑識課の小川巡査部長を待機させてある。小川のバンに同乗して行きなさい」

　中村科長が事務的な口調で指示した。

　本庁舎から江の島への最短経路もよくわかっていないので、科長の言葉はありがたかった。

「わかりました。すぐに出ます」

　今日もアリシアに会える。夏希の胸はちょっとだけ弾んだ。

　上体を折る敬礼をした夏希は、科捜研の部屋を出てエレベーターに乗った。

　地下駐車場まで降りると、グレーメタリックの鑑識バンがエンジンを掛けて待っていた。

　リアのラゲッジスペースに積まれたケージには、アリシアがちんまりと座っている。

「今日は香水つけてないよね」

　窓を開けての小川の第一声がこれだ。

「つけてません」

　夏希はムッとして答えた。

　一ヶ月のつきあいで少しは慣れたものの、小川に対する変人という印象は変わっていない。

　気を取り直して助手席のドアを開けてシートに座る。

「ところで、なんでアリシアが呼ばれてるわけ？」

　アリシアは地雷探知犬としての訓練を受けているので、爆発物に関する事件や火薬にまつわる事件に優先的に投入されるはずだ。

「俺も詳しいことは聞いてないんだけど、犯人が爆破をほのめかすような声明を出しているらしい」

「えっ、江の島の殺人のほかに爆破予告……」

　違和感があった。

　人を砂に埋めて死なせた犯人が、今度は爆発物を使うというのだろうか。

「ああ、昨日もいきなり呼ばれて、爆発物の捜索をさせられたんだ」

「なにか見つかったの？」

「いや、あの江の島弁天橋の現場には、爆発物の痕跡らしきものもなかったよ」

「爆破予告って、どこを狙っているのかな」

「昨日は捜査本部に行ってないんで、俺も詳しいことは聞いてない。まぁ、行けばわかるだろう」

　小川は呑気な調子で答えた。

　上官がアリシアに無理な仕事さえさせなければ、大きな不満はないようである。

江の島までの四十分ほどの間、アリシアはケージの中で、存在しないかのように静かにしていた。

小川は、藤沢バイパスの終点から、いったん辻堂のほうへ進み、西から大回りして海沿いの国道一三四号に出た。

「藤沢駅の前を通る国道四六七号は、いまの季節の午前中は海へ向かうクルマで動かないんだ」

小川は辻堂海岸から鎌倉方向に向けてクルマを走らせた。

江の島署は、新江ノ島水族館の西側に建っていて反対側は片瀬西浜海水浴場の広い駐車場、その隣は県立湘南海岸公園だった。

水族館横の広場に青白に塗り分けられた機動隊の大型バスと、クロカン四駆をベースにした指揮車が停まっていた。

「なんで機動隊がいるの？」

事件でも起きたのだろうかと緊張したが、小川は気楽な調子で答えた。

「あれはね、警備部の管区機動隊が片瀬江ノ島海岸警備の任務に就いてるんだ。海水浴客とかサーファーでごった返すだろ。トラブルを未然に防ぐためにあそこで睨みをきかせているって言うわけさ」

「暑いのに重装備で大変だね」

「まぁ、機動隊は体力のある若いヤツらだからね。俺には無理だな。江の島署ができるまでは藤沢署から来てたんだけど、いまはすぐ横の江の島署から来てるってわけだ」

江の島警察署はグラスエリアが多い四階建てで、藤沢市、鎌倉市、茅ヶ崎市、逗子市、葉山町の海沿いの地域を管轄している。

犯罪の少ない管轄地域なので、海水浴客や花火大会の警備などが忙しい平和な警察署だと聞いていた。ただ、夏の海水浴場での小さなトラブルは後を絶たないらしい。一方で水上事故などに対応するためのパトロール用警備艇も保有しているそうだ。

建物に比べて広々とした駐車場には本庁公用車と思しき黒塗りセダンも停まっていた。

エレベーターで、捜査本部が設けられている四階に上がる。

大会議室には《江の島弁天橋殺人事件特別捜査本部》と墨書された紙が貼ってあった。

窓からは、銀色に輝く海と、少しかすんだ緑色の江の島がよく望める。

島の中央には、ユニークなかたちの展望灯台が銀色に光っている。シーキャンドルという名だと聞いている。たしかにロウソクをモチーフにしたようなデザインだった。

「おはようございます。真田警部補はこちらへ」

会議室に入ると、一人の制服警官がにこやかに先頭の島に案内してくれた。

視線が自分に集中するのがわかる。

三十そこそこで、少しも警察官らしくない容貌の夏希が目立たないわけはない。

いささか気まずい気分で、夏希は折り畳み椅子に座った。

捜査本部に列席するのは二度目である。前回と似たような配置であったが、やや小規模だった。

白い天板の細長い会議テーブルを三、四脚寄せて作った島が数ヵ所作られていた。

さらに正面には、横一列の幹部席が用意されている。

窓際の机には臨時固定電話が引かれ、いくつもの無線機が設置されていた。

右手前方にプロジェクタのスクリーンが配置されていることや、多くの席でノートPCが起ち上がっていることなども前回と一緒だ。

通常の捜査本部とは大きく異なる態勢であると聞いている。今回の事件も特殊性が高い性質を持つのだろうか。

ほとんどの島にはすでに捜査員たちが着席していた。スーツやジャンパー姿の私服捜査員がほとんどで、ぜんぶで五十人くらいだろうか。会議室全体で女性の姿は、夏希のほかには見当たらなかった。

左後方は青色の現場鑑識作業服を身につけた鑑識課員の島となっていた。小川は駐車場でアリシアの面倒を見ているためか、まだ姿をあらわしていなかった。

真ん中あたりの島に座っている石田が、夏希に手を振ってよこした。夏希は軽くあごを引いて答えた。

いちばん後ろの島に座った加藤は、気難しげな顔でスマホを覗(のぞ)き込んでいた。

着席してまもなく、黒田刑事部長を始めとする捜査幹部と管理官が入って来た。

「起立っ」

号令係の私服捜査員が声を掛け、一同が頭を下げた後に捜査会議は始まった。

（皆さん、勢揃いね）

今日は二回目なので捜査幹部の紹介などはなかったが、先月の事件とほぼ同じ顔ぶれである。

捜査本部長は黒田刑事部長、バリバリのキャリア警視長で、若手の大学教授を思わせる知的で穏やかな風貌を持っている。

副捜査本部長は一人だけ制服姿で座った五十代後半の堀江の島署長である。正副本部長の二人は、たまに顔を出すだけとなるだろう。

捜査主任は、福島正一刑事部捜査第一課長。定年近い歳で、筋肉質で鋭い目つきを持つ。刑事畑一筋の叩き上げの警視正であるが、強面の割にはやさしく気遣いをしてくれる一面も持っている。実質的に捜査本部の指揮を執るのは福島一課長となるはずである。続いて、佐竹義男刑事部管理官。商社マンを思わせる四十代の佐竹警視は冷静だが、ごくたまに感情的になる。

さらに小早川秀明警備部管理官まで顔を揃えている。色白の才気走った夏希と同年輩のキャリア警視で、プライドが高く、夏希と意見が対立することが多かった。小早川は意味ありげな視線を夏希に送ってよこした。

しかし、なぜ、殺人事件の捜査本部に警備部の小早川管理官が参加しているのか。かもめ★百合の指名と関係があるのか。

いずれにしても事件の概要を知るのが先決だ。

「今回の殺人事案について、新たにわかったことを含めて、情報を整理して伝達する」

佐竹管理官が立ち上がった。

「今回の被害者は、戸田勝利、五十二歳男性。職業はイベントプロデューサーだ。司法解剖の結果、死因は溺死と判明した。死亡推定時刻は八月六日午前三時過ぎ、この時刻は江の島付近の最大満潮時刻と一致する。遺体は江の島弁天橋の波打ち際の橋脚付近の砂浜に全身を縛られ、頭だけを出して埋められていた。拘束具は六ミリ径で長さ三十メートルの樹脂製トラックロープである。このロープは現場付近の海浜にある漁業事業者の荷物置き場から盗まれたものだった。また、被害者自身の綿パーカーの袖を引き裂いた布地で、猿ぐつわを噛まされていた。現在のところ、被疑者のものと思われる指紋は検出されていない。また、被疑者が波打ち際を歩いて現場に接近したためか、明確な足跡も採取できていない」

昨日見たときには、猿ぐつわはなかった。すでに鑑識によって外されていたのだろう。

佐竹管理官は眉間にしわを寄せて言葉を続けた。

「さらに、体内から致死量には達しないベンゾジアゼピン系の向精神薬が検出された。被害者は何者かによって睡眠導入剤を飲まされて現場に運ばれ、頭部だけを海面すれすれに埋められた上、身動きできないままで満潮時に達した。この際に頭部が海面下に没したことにより溺死したものと思料される」

会議室のあちこちでうなり声が響いた。

ベンゾジアゼピン系は比較的強い薬効を持つ向精神薬のグループで、数多くの薬品名で販売されている。

医師の処方により睡眠剤や抗不安剤などとして用いられることが多いが、摂取量によっては直ちに眠り込んでしまう薬効を持つ。なかでも超短時間型の場合にはすぐに効き、効果のピークは一時間未満で、作用時間は二時間から四時間くらいである。

臨床医時代の夏希は、副作用も少なくないベンゾジアゼピン系の第三種向精神薬については、常に慎重な判断のもとに処方してきた。

「肺の中に海水成分が検出されたことから、被害者の戸田さんは死亡時はすでに薬効が切れて覚醒しており、死亡時には相当に苦しんだものと思料される」

ふたたび会議室にうなり声が響いた。

夏希は、苦悶に歪んだ被害者の表情を思い出した。

薬効が切れたときの被害者の絶望感を想像すると、いたたまれぬ気持ちになる。

意識が覚醒した戸田は、まず全身を縛られ砂に埋められた苦しみを味わったはずだ。

続いて、刻々と上がってくる潮位に気づいた被害者は、迫り来る死の恐怖に、どれほど脅えただろう。

あまりにも残酷な殺害方法に、夏希は胸が苦しくなった。

「さらに遺体は多額の現金やカードが入った財布を身につけていた。続いて、識鑑についてだが、被害者の戸田さんは、イベントプロデューサーという職業上、公私を問わず、大変に人間関係がひろい。遺族に提出してもらった名刺だけでも数千枚に及ぶ。人間関係を丁寧に洗う必要があるが、時間を要することは否めない」

会議室全体の動揺が伝わってくる気がした。

識鑑とは、被害者の人間関係を洗い出して、動機を持つ者を探し出す捜査をいう。俗に鑑取りとも呼ばれる。交友関係が広い場合には、被疑者に辿り着くのが容易でないことは言うまでもない。

「次に地取り関連だが、犯行推定時刻が深夜であって、天候も悪かったことから、いまのところ目撃情報はない。小田急片瀬江ノ島駅、国道一三四号を渡る地下道、江の島大橋に設置されている防犯カメラには、被害者、被疑者と思料される人物の姿はともに記録されていない。ただし、現場が海浜だけに、接近方法は無数にある。たとえば……」

佐竹管理官は言葉を切って、窓の外を指さした。

「この江の島署の南側にひろがる砂浜を歩いていても、捕捉している防犯カメラは存在していない。もしかすると被疑者は江の島署の真ん前を通ったかもしれないのだ」

小さな舌打ちが聞こえた。スマホから顔を上げて前を見ていた加藤だった。

たしかに佐竹管理官の言葉にはトゲがあった。江の島署員としては、おもしろくないだろう。

現場付近で不審者の目撃情報や、被害者の争う声など、事件の手がかりとなる情報を聞きまわる捜査を地取りという。だが、こちらもいまのところ有益な情報はないらしい。

「佐竹管理官の説明で明らかな通り、非常に悪質で異常な犯行態様が認められる。また、金品に手をつけていないことからも、犯行動機は怨恨である可能性が極めて高い。さらに被疑者を名乗る人物から、我々に向けてメッセージが送られてきている。この点については小早川管理官から」

福島一課長が話を振ると、小早川管理官は気取った調子で立ち上がった。

「今回の事案の被害者、戸田さんはイベントプロデューサーとして大活躍していた。多岐にわたるイベント企画で知られ、無料ウェブ百科事典『ワールドペディア』のページも作られている。ところで、犯人と思料される人物が、当該ワールドペディアに犯行声明を掲載した」

小早川管理官は手元のリモコンに手を触れた。

プロジェクタのスクリーンに、お馴染みのワールドペディアのページが映し出された。

戸田勝利（とだかつとし）東京都世田谷区出身　慶應義塾大学文学部卒業　株式会社エディアカラン代表取締役社長。

【人物】フェスティバルやコンサート、展覧会、展示会、自治体イベントまで幅広くプロデュースしている。大手広告代理店「博電社」勤務を経て、二〇〇一年に独立。著書に『毎日が文化祭。イベント企画屋の本音とタテマエ（博電社）』がある。

【エピソード】イベント出演をエサに、たくさんの若手女性タレントを毒牙に掛けた劫罰により、天誅を受け、江の島弁天橋付近にて殺害される。

　会議室にどよめきがひろがった。

「これは魚拓……いや、ワールドペディアの過去のキャプチャー画像だ。犯人が記入したとみられる【エピソード】の部分は、すでに被害者の関係者により削除されている」

　そこまで無表情に説明を続けていた小早川管理官が、にやっと笑って夏希を見た。

（来たっ……）

「昨夜遅く、県警ウェブサイトの総合相談受付のフォームに次の投稿がなされた。こんな文面だ」

　スクリーンの画像が切り替わった。

　――神奈川県警いちばんの美人捜査官かもめ★百合ちゃんとお話がしたい。ボクは八月六日の午前三時にも江の島弁天橋で待ってたんだよ。シフォン◆ケーキ

　夏希は背中に冷や水を浴びせられた気分になった。次の瞬間、額に汗が噴き出した。エアコンがガンガン効いているのにもかかわらず。

「見ての通り、科捜研の真田夏希分析官を指定して対話を呼びかけてきている」

後方から「なりすましじゃねぇのか」「有名人だからな」といった不規則発言が聞こえた。

夏希は顔が熱くなった。

「また、見ての通り被疑者はシフォン◆ケーキと名乗っている。何を意味しているかは不明で、現在捜査中だ」

「シフォンケーキってなんだ？」

福島一課長がつぶやいた。

「スポンジケーキの一種ですよ」

佐竹管理官がささやいた。

「カステラみたいなもんか」

小早川管理官が小さく咳払いして続けた。

「犯人しか知り得ない死亡推定時刻を正確に記載していることから、真犯人かその周辺人物による書き込みであることは間違いがない。さらに、犯人は『かもめ★百合』に対する挑戦状を載せたのだ」

「挑戦状というより、ストーカーのメールみたいだな」

福島一課長がつぶやいた。

「その上、被疑者は、かもめ★百合との非公開チャットの開設を要求している」

画像がふたたび切り替わった。

――かもめ★百合ちゃんと、ボクだけのチャットルームを神奈川県警のサーバーに作ってくれるかな。開設したら、かもめ★百合ちゃんのSNSで、時候のあいさつ程度のことを何か書いてほしい。適当な広報ページを作って、そのURLを記載しろ。さらに、掲載したURLの末尾部分に、3457fe66gの文字列を加えたものをチャットルームのURLとしてくれ。

ボクのログインIDは「chiffon」、パスワードは「cake」を使ってね。

ところで、次の天誅には爆弾を使うつもりだから、よろしくね。――

ベタベタとした気味の悪さを感ずる口調、いや文体である。あとでゆっくり分析したいが、変に甘えた雰囲気と高圧的な調子が混在していて、夏希は奇妙な印象を受けた。

チャットルームとは今どき古めかしい。だが、LINEなどではアカウント登録する際に、電話番号による認証などが必要になる。身元を隠すためにSNSを避けたのだろう。それにしても細かい指示を出す人物である。

「このように被疑者は我々との対話を要求するとともに、次の犯行予告を行い、爆弾を使用すると宣告している。これが単なる恫喝なのか実効性を帯びたものなのかは不明である。だが、今後の犯行を未然に防ぐということが、捜査上でもっとも力を入れるべきポイントであることは言うまでもない」

佐竹管理官が説明を付け加えた。

「真田分析官」

いきなり小早川管理官が声を掛けてきた。

「まもなく被疑者の要求しているチャットを開設する予定となっている。対話は被疑者を特定するためのいちばんの早道だ。真田分析官にはなるべく長時間の対話をおこなってほしい」

「あの……長時間の対話が被疑者特定につながるのですか」

発話数は人格を浮き彫りにできる可能性があり、被疑者の特定に有益だろう。対話時間も関係するのか。

小早川は「そんなこともわからないのか」という顔つきになって鼻を鳴らした。

「現在、警備部の国際テロ対策室でIPアドレスを特定する作業を続けている。三度のアクセスで被疑者は、携帯電話網も用いず、固定的な通信手段も用いていない。ワールドペディアへの投稿は平塚(ひらつか)市追分(おいわけ)の『平塚共済病院』待合室に設置された公衆無線LANからの投稿と特定できている。ワールドペディアは、ログインしないで投稿すると、IPアドレスが表示される仕様になっている。つまり、公開ページに、裸でIPが表示されている状態で、特定も何もあったものじゃない」

小早川は口のなかでクックッと小さく笑って言葉を継いだ。

「このことからも、被疑者のネットに対する知識はきわめて浅く、国際テロ対策室では、時間を要せずに本人に辿り着けると踏んでいる。さらに、県警フォームへの投稿は、藤沢市辻堂新町の大型ショッピングモール内の公衆無線LANからの投稿と特定できた。残念ながら、双方の利用登録に際して使用したメールアドレスは、いわゆる『十分メアド』と呼ばれる、十分間で有効期限が切れる捨てアドレスだったが……」

小早川は肩をそびやかした。

「現在、ふたつのアクセスポイントの防犯カメラの解析を続けると同時に、捜査員を張り込ませている。県警フォームにふたたびアクセスがあった場合、発信している不審人物をその場で確保できる可能性がある」

「だから、わたしが被疑者と、少しでも長時間の対話をしたほうがいいと言うことですね」

「その通りだ。真田分析官には会議終了後、すぐに被疑者との対話を始めてもらう」

夏希は自分に課されている課題を理解した。

要するに、第一に対話を引き延ばし、容疑者をなるべく回線に釘づけにすること、第二に相手から次の犯行を含めた情報を少しでも引き出すことなのだ。

心理分析官の本務かどうかは別として、前回の事件で被疑者とネット上の対話を続けた実績が買われたということなのだろう。

特殊捜査係をはじめとする捜査一課では、犯人との文字言語だけの対話に対するノウハウを蓄積していないと聞いている。

「捜査員を三つに分ける。捜査一課と江の島署刑事課の者は、地取りと鑑取りだ。地取り班は殺害現場付近の聞き込みにあたる。鑑取り班は株式会社エディアカランの従業員や家族、友人を中心に聞き込みを続けて、戸田さんを恨んでいた人物がいないかを探せ。犯行声明が戸田さんのタレントへの不適切行為に触れている点から、とくに女性関係を中心に洗え。グループ分けは佐竹管理官にまかせる」

福島一課長が具体的な指示をテキパキと出すと、佐竹管理官が頼もしげな表情であごを引いた。

捜査一課と江の島署刑事課の捜査員とは、いわゆる「刑事」たちである。

「警備部と高島署警備課の者は国際テロ対策室の解析に従って、被疑者が使用している公衆無線LANスポット付近の捜査に当たれ。張り込みを掛ける必要があるときには、刑事部から応援を出す。直ちに捜査本部に報告するように」

スーツ姿の数人の男たちが黙ってあごを引いた。

「本庁(ほんぶ)と高島署の鑑識課は、殺害現場江の島弁天橋付近をエリアを拡大して再捜査だ。初動に見落としがないかどうか徹底的に現地を調べ直してほしい」

現場鑑識作業服の十人ほどがうなずいた。すでに小川も座っていた。

「本件は、近年、我が神奈川県警が扱ってきた事案のなかでも、とくに凶悪と言ってよく、被疑者が次の犯行に及ぶ恐れも強い。一刻も早く被疑者を確保することに全力で努めてほしい。さらに、被疑者との今後の対話で得た情報に基づき、流動的に捜査方針を変更することがあることを、全捜査員が認識するように。なお、わたしは本庁での会議に出席する都合で、ここで中座させて頂く。もし重大な選択を迫られて迷った場合には、必ず、わたしに連絡を入れてほしい」

締めのあいさつを終えて、黒田刑事部長が立ち上がった。「起立」の掛け声が掛かって、全員がいっせいに礼をして第二回捜査会議は終わった。

刑事たちの班分けの後、捜査員たちは次々に会議室を出て行った。加藤や石田、小川も部屋を出た。

「真田さん、このPCを使って下さい。すでにチャットルームを開設済みです」

小早川が隣の机に起ち上がっていたノートPCを指さした。二台並べてある。

右のPCの画面を覗き込むと、『かもめ★百合のチャットルーム』という表題で、投稿フォームと投稿結果が反映されるエリアが設けられている。

「もし被疑者がここへ投稿すれば、IPは直ちに判明する。もし公衆無線LANのIPなら、当該IPを所有する事業者に対して、どこのアクセスポイントかを開示させます。機動捜査隊や所轄の刑事たちをアクセスポイントに急行させれば、身柄の確保は難しくない」

小早川は自信たっぷりに言った。

「わかりました。わたしのログインIDとパスワードは決まっていますか？」

「IDは kenkei、パスワードは kamome_yuri を使って下さい」

小早川のPCから、夏希のPCに、文字列を示したファイルが届いた。

「こんなに簡単なパスワードでいいんですか」

「被疑者から最初のアクセスがあった時点で直ちに、URL、IDとパスワードも変えて、被疑者だけに伝える予定です」

「あ、それがいいですね」

県警フォームに投稿したURLを使うのは危険だ。さすがに小早川も考えている。

「左のPCは、念のため巨大SNSのツィンクルを表示してあります」

左のPCに『脳漿炸裂ガール』の稲沢はなというキャラをもとにした《かもめ★百合》のアイコンが表示されている。ツインテールで緑色の瞳を持つ、萌え絵キャラが、ネット上で自分を象徴するアイコンだと思うと、情けなさがこみ上げてくる。

かもめ★百合 @KPP_kamome_yuri のアカウント名の下には、警察庁警備局の織田理事官が書いた自己紹介文がそのままになっている。

――神奈川県警本部心理分析官。県警でただ一人の犯罪心理分析のプロ。県民の安全を脅かそうとしているサイコパスやソシオパスのキミたち。あたしが相手になるわ。さぁ、かかってらっしゃい。彼氏募集中。

（これ、もう変えてほしいなぁ……）

前の事件のために、あえて、あおりいっぱいで作られた紹介文は、見ているだけで恥ずかしくなってくる。

さらに言えば、先天的なサイコパスと後天的なソシオパスに分けている点も気に入らない。臨床心理学で夏希の採っている立場からすれば、両者を区別することなく《反社会性パーソナリティ障害》と呼ぶべきである。

だが、いまはそんなことにこだわっているようなゆとりはない。

「じゃ、かもめ★百合のSNSに犯人から指定されたメッセージを投稿しますよ」

小早川は自分の机のPCの前に座って、マウスを操作した。

——あさって九日水曜日は、三浦海岸海水浴場で三浦海岸納涼花火大会が予定されています。神奈川県警では神奈川防犯シーガル隊も出動予定。みんな、リリポちゃんに会いに来てね。専用ページも作ったから見てね。かもめ★百合
http://www.police.pref.kanagawa.jp/index.php/kouhou/2017_08_07
続いてリンクが張ってある。

「このURLには、どんなページを作ったんですか？」

「もちろん、神奈川防犯シーガル隊の出動予定のページですよ。ここに犯人の指定した

3457fe66g を加えた文字列がチャットページのURLです」
驚いたことに、SNSには、瞬時にたくさんのリプライがあった。
——おい、見ろよ。半月ぶりに、かもめ★百合が始動したぞ
——ひそかに犯人へのメッセージかも
——これは新たな事件の勃発か
——しばらく目が離せん
——サイトに要アクセスだ
一般ネットユーザーの勘もあなどれない。
同時に、かもめ★百合がネット上で人気を保ち続けている事実に、夏希は憂うつになった。
気を取り直して、自分が投稿するメッセージを、テキストエディタで書き起こしてみる。
「チャットルームにこんなメッセージを投稿したいと思いますが……」
——はじめまして。かもめ★百合です。ご要望に応じてチャットルームを開設しました。あなたの相談に乗りたいです。お返事お待ちしています。　かもめ★百合

「ま、最初はそんなものでしょう。織田理事官なら、もっと過激なことを書くようにと言うでしょうが」

小早川はすんなりと認めた。

「今回は被疑者側から対話を求めているわけだから、無理なあおりを入れる必要もないわけだしな」

佐竹管理官もうなずいた。

「では、チャットルームの新しいURLを付記して投稿して下さい」

小早川は、夏希のPCに新たなURLを記したテキストファイルを送ってよこした。

末尾が3457fe66gとなっていた。

夏希は投稿を終えて、久しぶりの緊張感を覚えていた。果たして被疑者はどんな反応を見せるか。すでに残虐な方法で人を殺している人間だ。

「真田分析官、被疑者の人物像の印象を伝えてほしい」

机に近づいて来た福島一課長が請うた。

「まだプロファイリングができるほどの情報量がありません」

「そんなことはわかっている。君の印象でいいから教えてくれ」

「チャットルームの開設に対する指示がしっかりしています。被疑者側からのたった一度の投稿で県警側が問題なく開設できるように工夫しています。この点からもある程度の高等教育を受けていて、頭脳明晰な人物であることは間違いありません」

「その点は同意見だよ。指示通りに設定しただけで、被疑者は容易にチャットルームにログインできるはずだ」

小早川がめずらしく夏希の意見に賛同した。

「ほかには何か気づかなかったかね」

福島一課長がうながしたので、根拠としては希薄だが、夏希の受けた印象を続けた。

「男性ではないかと思います」

課長も二人の管理官も夏希に注目した。

「《ボク》という自称か？　しかし、高校二年のうちの娘も自分のことをボクと呼んでるぞ」

佐竹管理官は気難しげに眉をひそめた。

佐竹にそんな年頃の娘がいるとは初めて知った。

「たしかに、男性と誤誘導するために《ボク》という自称を使っている恐れはあります。しかし、《くれるかな》《ほしい》などの要請形式を装った命令の語尾に着目すべきです。被疑者は、女性の部下を持っていた経験があるように思います」

「なぜそんなことが言えるんだ」

佐竹管理官が問うた。

「被疑者は日常的にこのような命令を下していたことを感じさせます。いきなり《記載しろ》などと高圧的になるところも、この印象を裏づけます。《ボク》という自称や《待ってたんだよ》《よろしくね》などの語尾に見られるような、全体的に甘えたような子どもっぽい文体との統一感のなさを感じます。もし、意図的に語尾の不統一感を作っているとしたら、相当に狡猾な人物です。むしろ、日常的にこのような口調で話している人物のように思われます」

「たしかにいますね。こういうベタベタした口調のオヤジというのは」

小早川がまたも賛同したので、夏希は驚きながらも言葉を続けた。

「また、女性であるかもめ★百合を《ちゃん付け》で呼ぶ態度がセクハラであることも自覚できていません。この点からも、あまり若い人間とは思えません。あくまで印象に過ぎませんが、中間管理職などを経験した三十代後半以降の男性のように思われます」

「つまり、わたしのような立場か。しかし、わたしは女警のことを夏希ちゃんなどとは呼ばないが」

佐竹管理官が苦笑いした。

「ですから、女性に対して佐竹管理官のようなきちんとした人権意識を持っていない人物です。先にも申しましたが、全体的に甘えた図々しい調子が特徴です。この点から、妻帯者か結婚経験を持つ男性のように感じます」

「中年、女房持ちの中間管理職か。分別があって然るべきところだがな」

福島一課長がうなった。

「いままで言ったことと完全に矛盾するのですが……」

「なんだね、矛盾というのは」

佐竹管理官が声を尖らせた。

「《ボク》という自称や《よろしくね》という文末にも感ずるのですが、残虐な方法で殺人を犯した犯人像とのアンバランスさは否めません。自分の個性を覆い隠そうとする傾向があると見てとることもできます。被疑者は非常に狡猾で、現在、メッセージに見えている姿が、実像とかけ離れているおそれも完全には否定できません」

「ということは、いまの分析も、まったく役に立たないと言うことではないですか」

小早川管理官が額にしわを寄せてさっそく嫌味を口にした。こっちのほうが小早川らしい。

しかしこれだけの対話量で、被疑者の人格を推定するのは困難だ。

シフォン◆ケーキが、非常にエゴイスティックな人間であることだけは間違いがない。

近年の脳科学研究は、人間の利己性・利他性には、扁桃体が関わっているとする。

二〇一四年に、米国ジョージタウン大学のアビゲイル・マーシュ教授率いる研究チームが行った実験は、人間の利他性には、側頭葉内側の奥に存在する右扁桃体が関わっている事実を明らかにした。

利他性とはすなわち、他人に優しいかどうか、困った人などを助けたい気持ちが強いかどうかの問題である、マーシュ教授らは、腎臓(じんぞう)ドナー提供者と、一度も臓器の提供をしたことがない人の二つの被験者グループに、「怯(おび)え・不安」「怒り」「平静」の三つの表情を示した画像を見せた。その際にｆＭＲＩを用いて脳のスキャンを行った。

実験の結果、ドナー提供者集団のほうが、「怯え・不安」の表情を、より細かく正確に読み取っていた。この判断に際しては、右扁桃体の血流量が増加し活性化していることが明らかになった。

さらに、ドナー提供者集団は、そうでない人の集団よりも、扁桃体が物理的にも大きかったのである。

マーシュ教授の実験は、他人への優しさは、その人の経験よりもむしろ、扁桃体の動きや大きさが決め手となることを示唆している。

「これから対話が続けば、もっと詳しい実像も見えてこよう。佐竹管理官、鑑取り班に真田分析官の印象……被疑者は中年男性の可能性があるという情報を流すように」

「しかし、予断につながりませんか」

「戸田勝利の交友関係は、五千人から一人に絞らなければならないんだ。多少の予断がなければ捜査員たちもたまらないだろう」

「はぁ……わかりました」

佐竹管理官は不承不承にうなずいた。

「来ましたよ」

十五分も経たないうちに、アラーム音と小早川の興奮気味の声が響いた。

――おはようございます。かもめ★百合ちゃん。戸田勝利は許しがたい悪党なので、その罪にふさわしい天誅を加えたよ。ボクはこの先も悪人を懲らしめたいと思っているんだ。シフォン◆ケーキ

「とりあえず、あたりさわりのないレスを返します」

まわりの捜査官たちは黙ってうなずいた。

――シフォン◆ケーキさん。あなたの望みはなに？　どうしたら、あなたが爆弾なんておそろしいものを使うことをやめてくださるの？　わたしで相談に乗れるのなら、どんなことでも話してください。かもめ★百合

チャットへの投稿を告げるアラームが鳴った。

会議室に緊張が走った。

――ボクの望みはこの世から悪人がいなくなることだけだ。それと、かもめ★百合ちゃんともっと仲よくなりたいなぁ。趣味はなに？

「アクセスポイントの解析を急げ」

小早川管理官が急き込んで指示を出した。

捜査員の動きがあわただしくなる。

無線の通信音が響き渡り、会議室から駆けだしてゆく者もいる。

「とりあえず、返信入れてみます」

夏希はキーボードに向かって指を急がせた。

――うーんと、音楽聴くことかな。

夏希は映画も演劇も好きだし、絵画をはじめとする美術鑑賞も好きだ。美味しいものを食べに行くことも、旅行も好きだ。

部屋では音楽はいつも流しているが、それほどのこだわりがあるわけではない。だが、音楽の好みは世代や性別を表す指標となる場合もある。被疑者の特定につながる可能性も期待できる。

――百合ちゃんはどんな音楽を聴くのかな？

――あんまりこだわらないけど、かるいものが好き。シフォン◆ケーキさんはどんな音楽が好きなんですか？

――推し(おし)は有馬(ありま)みはれでしょう。

初めて聞く名前だ。

「推しが有馬みはれかぁ……人気アガってんなぁ」

隣で小早川管理官がつぶやいた。

「あの小早川さん、有馬みはれって歌手ですか？」

「二十三歳のアイドル声優ですよ。歌手としてもかなりブレイクしてます。ヤツは有馬みはれのドルオタらしい」

小早川の声はなぜか弾んでいる。

「ありがとうございます」

――かわいいもんね。彼女。シフォン◆ケーキさん、入れ込んでると見たけど？

――ツィンクルにアイドル垢(あか)作ってるよ。レポブログも作った。

――え、教えて。アカウント教えて。

――百合ちゃんに教えたら、逮捕されちゃうじゃん。

――えーと、ライブとか行くのかな？

――行くのかな？って、おまえ話聞いてないだろ。

――あ、ごめん、当然だよね。握手会とかも行くよね。

――あたりまえのこと聞くなよ。じゃな。

――あ、待って！

入室中を示す緑色のマークが消え、それきりレスは途絶えた。

およそ殺人犯相手とは思えぬ対話が続いたが、相手からは初めて感情的な反応を引き出せた。

「おい、ツィンクルの有馬みはれのアイドル垢に関する情報をすべて集めろ。それからクローバブログサービスから彼女に関連するブログを洗い出せ」

小早川管理官が指示を飛ばすと、PCに向かう者や、電話を掛ける者、数人の捜査員の動きがあわただしくなった。

「俺は初めて聞いたアイドルだぞ。そんなに有名なのか」

福島一課長が訊いた。

「二〇一四年に劇場用アニメ『裏の栖』のメイン女性キャラを演じたときから人気に火が着いたんです。スターダムをのし上がっている感じですね。すでに五十本近いアニメの吹き替えをやってるはずです。可愛いし歌も上手いので、人気はうなぎのぼりです。劇場版だけでも『晴れのちくもり』『機動船隊ひまわり』『やまとなでしこ』それから……」

小早川管理官の饒舌を佐竹管理官が手を振ってさえぎった。

「やっぱり、あんた、オタクじゃないの？」

佐竹管理官の突っ込みに、小早川管理官はあごを突き出して答えた。

「なにをおっしゃいますか。我々警備部では、世間の流行も追いかけなければならないのです。サブカルチャーにも目配りし続ける必要があるわけです」

前にも聞いたようなセリフだと夏希が思っていると、福島一課長が咳払いして口を開いた。

「アイドル垢とかレポブログっていう言葉もわからん」

実は夏希もよくわからなかった。

「アイドル垢というのはアイドル・アカウントのことで、ファン同士の交流を目的として、ふだん使っているものとは別に作成するアカウントです。共通の趣味を話せる相手を探すのですね。また、レポブログはレポート・ブログの意味で、握手会でアイドルと話した内容や、ライブのようすなどをレポートしてほかのファンに自慢するブログです」

小早川はよどみなく説明した。

「どうしてクローバ・サービスのブログってわかるんですか」

夏希には不思議だった。無料ブログサービスは無数にある。

「なぜかレポブログはクロブロに集中してるんですよ。ほかのブログサービスへ行っても仲間が少ないのがわかってるから、ドルオタはクローバに集中します。ところで……」

意地の悪い顔つきに変わって小早川は夏希を見た。

「ライブとか行くのかな？ という真田さんの質問はまずかったですね。その前にアイドル垢やレポブログを作ってる話をしているのに、ライブに行ってないわけはありません。結果として被疑者は『話聞いてないだろ』と怒り出して通信を終了しました」

「意味がよくわからなかったんです」

「サブカルについても、もっと勉強して頂きたい」

小早川は居丈高に言った。

「たしかに、小早川さんは、実によく勉強してるよな」

佐竹管理官はにやつきながら皮肉を口にした。

この二人はどうもつまらないことで張り合う傾向がある。

夏希の本音を言えば、「そんなこと知るか」というところだった。

いくら心理分析に必要とは言っても、世の中の森羅万象の知識を持てるはずがない。人の趣味は多種多様である。

たとえば、相手がパイロン鑑賞オタクとか昆虫食オタクなど、すごくニッチな世界のオタクだとしたらどうだろう。実際にそういう趣味があると聞いたことがあるが、夏希に詳しい知識を得られるはずもない。

小早川は自分の持つ知識を鼻に掛けるところが多い。一方で真実の自分を覆い隠しているタイプであるかのようにも感じていた。同世代ということもあって、いつかは小早川の素顔を覗いてみたい気もしていた。

しかしいまは、夏希としては、別に言いたいことがあった。

「意図したことではありませんが、被疑者が怒ったことで新たな印象を得られました」

「ほう、どんな印象かね」

福島一課長が身を乗り出した。

「わたしのちょっとした理解不足を許さないという点できわめて非寛容な性質を持つことがわかりました」

「たしかに、怒りっぽい人間であることは間違いないようだ」

「さらに同じ理由から、被疑者には《承認欲求》の強さを感じます」

「えーと……承認欲求について説明してくれ」

「承認欲求は古典的な社会心理学の概念ですが、他者に認めてもらいたいという感情です。承認欲求は、賞賛獲得欲求……つまり他者からのプラスの評価を得たいという気持ちと、反対の拒否回避欲求、マイナスの評価を避けたいという気持ちの二つから成ります。簡単に言うと、ほめられたい気持ちと、けなされたくない気持ちです。わたしのちょっとした聞き逃しを許さない点から、自分を認めてほしいという強い感情を読み取ることができます」

だが、小早川管理官は顔をしかめた。

「単なるファン心理じゃないですか。真田さんが有馬みはれの話をよく聞いていなかったから腹が立ったんでしょう」

「まぁ、単純にそう考えてもいいとは思いますが……」

夏希としては意見もあったが、小早川に反論することはやめた。いまの段階では、被疑者を分析する材料が足りなすぎる。

「なんでアイドルなんてのにそんなに夢中になれるんだろうな」

福島一課長は嘆くような口調で言った。

「モントリオールにあるマギル大学のダニエル・レヴィティン教授は、好きなアイドルの音楽を聴かせて、ｆＭＲＩで被験者の脳内をスキャンするという実験を行いました。この結果、被験者たちの脳内で急激なドーパミンの分泌が観察されました」

夏希の説明に佐竹管理官が反応した。

「ドーパミンってのは、最近、有名なヤツだな。やる気物質とか言うんだろ」

「そうですね。外界から受けた刺激をニューロンに伝える神経伝達物質で、人間の快楽や多幸感を生み出す要因のひとつです。脳にごほうびを与える物質ともいえ、報酬系と呼ばれる脳内組織と関わっています。さまざまな行動や学習などの動機づけにつながる重要な物質です。一方でアルコールやタバコなどの薬物をはじめ、ゲーム、インターネット、ギャンブルなどの依存性はこのドーパミンの分泌が過多になっている状態と考えられます」

「アイドルに夢中になってドーパミン出してるなんて、被疑者は若い男じゃないのか……さっきの真田の分析とは食い違う印象だな」

福島一課長があごに手をやって言った。

「わたしもそう思います。アイドルオタクなんてのは若い男でしょう」

佐竹管理官はすぐさま賛成した。

「どう思う？　真田」

「そうですね。先ほども申しましたように、最初の印象は間違っている恐れもあります。いま話しましたレヴィティン教授の所説では、神経経路の形成が顕著に起こる十代の時に作り上げられた音楽の嗜好は、二十代以降に比べて脳に大きく影響を与えるとしています。もっと簡単に言うと、人は十代に聴いた曲にもっとも夢中になり、年をとっても
その音楽に強いノスタルジーを感ずると言うことです」
「ああ、わたしなんかも、今でもいちばん好きなのは、十代の頃に聴いたマドンナやボ
ン・ジョヴィあたりだな」
佐竹管理官が感心したような声を出した。
「有馬みはれのブレイクが二〇一四年だとすると、被疑者はその頃は、まだ十代だった
可能性もあります」
「とすれば、二十代前半の男か」
佐竹管理官の言葉に、小早川管理官が口を尖らせて反論した。
「いや、ドルオタが若い男とは限らないでしょう」
「そうなのか？」
「いまやドルオタは三十代、四十代にもひろがっています。妻子持ちでありながら、仕
事が終わるとアイドルの握手会に駆けつけるような人間も少なくありません」
「小早川さんも握手会に行くクチか？」
目の下をこすりながら、佐竹管理官はにやついている。
「佐竹管理官、わたしは別に好きなアイドルなんていません。何か根本的に勘違いされ
ていますね。最近は女性のドルオタも増えています。これはアイドルの売り方に変化が

生じ……」

小早川管理官の言葉が終わらないうちに、チャットルームの着信を告げるアラームが鳴った。

会議室の空気が張り詰める。

「アクセスポイントの解析だ」

小早川管理官が甲高い声で下命し、捜査員たちはPCに向かって操作を始めた。

――かもめ★百合ちゃん、いる？

――いますよ。ずっと待ってました。アクセスありがとう。

――ボクとお話ししたいってわけ？

――もちろん。話したいです。あなたはきっと誰かの支えを待っていると思う。少しでも力になりたいと考えています。

――へぇ、どんな風に力になってくれるって言うんだ？

――あなたが抱えている問題の相談に乗りたい。少しでもいいから話してくれない？

――抱えている問題？　なんにもないさ。

――じゃ、なんで江の島のような悲しいことをしたのか教えて。

――なにが悲しいんだ？　別に悲しくなんてない。

――戸田さんには奥さんと大学生の娘さんがいます。残されたご家族は、愛する人をいきなり奪われて、とても悲しんでいる。罪もない家族を悲しませていいはずがないでしょ。

――悪人の家族のことなんか知るか。

――あなたには家族はいないんですか。

――余計なこと聞くな。

——家族を悲しませて苦しくないの。

——ワールドペディア見なかったのかよ。

——見ました。もしかして、有馬みはれさんも被害に遭ったってこと？

——違うよ。バカ。

——みはれさんの仇討ちじゃないのね。

——違うって言ってるじゃないか。聞いてないのか。

——じゃあ、あなたの知り合いの方が被害に遭ったとか？

——そんなことどうだっていいだろ。

——あなたは間接的にも被害を受けたわけじゃないってことかしら？

——社会的正義の実行だと言ってるのがわからないのか。

——あなたの考える正義って何なの。わたしには全然わからない。

——多くの人を苦しめるものが悪。悪を糺すのが正義。

——わたしには、正義がそんな単純なものとは思えないな。

——いいや、正義ってのは単純なものだ。すぐにまた、正義を実行する予定だ。

——やめて。これ以上、罪を重ねないで。

——罪？　これは罪なんかじゃない。正義の実行だって言ってるじゃないか。

——こんなことを繰り返せば、あなたはどんどん追い詰められるんだよ。

——一人殺せば無期懲役。二人殺せば死刑の量刑相場か？　余計な心配するな。

――いいえ、とても心配してます。お願い。悲しむ人をもう増やさないで。

――おまえの説教聞く気はない。

――わたしたちはあなたがこれ以上、罪を重ねないように全力を尽くすからね。

――無能な警察にボクの計画の邪魔はできない。じゃあな。

――あ、待って。

シフォン◆ケーキは退室し、対話は途絶えた。

しばらく待ったが、レスは来なかった。

「何かわかったか？」

福島一課長が背中から声を掛けた。

「あるいは……有馬みはれのドルオタというのは、擬装かもしれません」

「ウソだというのか」

「戸田さんが毒牙に掛けた女性の中に有馬みはれがいるかと聞いたときの回答が『違うよ。バカ』でした。一見、怒り反応に見えます。が、もし、有馬みはれのドルオタだとすれば、わたしの質問が図星であっても感情には揺れが生ずると考えられます。また、わたしの質問が的外れだとしたら、女神を汚されたという感情が起きるはずです。ところが、その後の回答には少しも怒りが見られず、被疑者の感情は安定しています」

「たしかに吠えまくってもおかしくないな」

福島一課長は小さくうなずいた。

「逆に、被疑者に怒りの反応が見られたのは、わたしが彼の罪を追及したときです」

「誰だって、痛いところを突かれれば腹を立てるのではないのか」

「確定的なことは言えませんが、自分を批判する他者に対して強い怒りを感ずるようです。非常にプライドが高い人間だと思います」

「なるほど、そんな気はするな」

「さらにいちばん重要だと思うことなのですが、動機に関する質問をすると、あいまいに回避しようとする発言が目立ちます。正義の実行という被疑者が主張している動機が真実であれば、戸田さんの悪行を並べ立てるはずです。ところが、具体的なことは何も言いません。真の動機を隠すために、社会的正義を標榜しているように思われます」

「真の動機とはなんだろうな」

「殺害方法から見て、やはり怨恨と考えるのがふつうでしょう」

佐竹管理官が口を挟んだ。

「わたしも同じ意見です。被疑者は戸田さんに、いったいどのような恨みを持っていたのでしょうか……」

夏希の言葉をさえぎるように、いきなり着信アラームが鳴った。

──次の天誅実行。辻堂海浜公園に爆弾を仕掛けた。

「藤沢市辻堂西海岸近くを巡邏中の機捜と自動車警ら隊、所轄の全車両を、辻堂海浜公園に急行させろっ」

福島一課長のこわばった声が響いた。

──本気じゃないよね？　誰を天誅するっていうの？　お願い、教えて！

夏希は呼びかけたが、入室中の表示は消え、それっきりレスは返ってこなかった。

会議室全体にピリピリとした空気が張り詰めている。

「公園の閉鎖措置をとる必要がありますね。それから爆処理も出しますか」

佐竹管理官が福島一課長に訊いた。

「うーん、この投稿をどこまで信ずるべきか……」

福島一課長は腕組みをして鼻から息を吐いた。

「爆発物を使うのには相当な専門的知識が必要です。先月の連続爆破事案の経緯を知って、その真似をしているだけなのかもしれません」

小早川管理官は否定にまわった。

「しかし、もし、ガセじゃなかったら、大きな被害が生じます。この時季ですから、辻堂海浜公園は海水浴客などでごった返しているはずです」

佐竹管理官は額に深いしわを寄せた。

「真田はどう考えるかね?」

福島一課長の問いかけに、夏希は答えに窮した。いままでの対話で、シフォン◆ケーキが嘘をついているかどうかの判断などできるはずもない。

「判断材料が圧倒的に不足しています」

「承知の上で訊いている」

福島一課長は許してくれない。

事態は切迫している。とりあえずの結論を出すしかない。

「すでに戸田勝利さんをきわめて残酷な方法で殺害している点から見て、さらに言えば、そのことをさらりと書いてきて、文面に後悔や自責の念などが見られないことからも、被疑者は《反社会性パーソナリティ障害》を持っている可能性が高いです」

一人の人間を残酷な方法で殺害し、虚言と思しき言葉を次々に弄して警察を振り回している。シフォン◆ケーキが反社会性パーソナリティ障害を持つ可能性は高い。

「出た。お得意の概念だ。サイコパスって言葉は使っちゃいけなかったんですよね」

小早川管理官がチャチャを入れたが、無視して夏希は続けた。

「《反社会性パーソナリティ障害》を持つ人間は、他者に対して不誠実で、他者の心をコントロールしようという欲求が強く、平気で嘘をつきます。その点から考えれば、今回の爆破予告が虚言である可能性は高いものと考えます」

「そう言い切れるのかね」

福島一課長は夏希の目をじっと見た。

「戸田さんの殺害を、被疑者は《天誅》と呼んでいます。ワールドペディアの記述も、あたかも社会的正義を実行したような表現です。仮に真実の動機は個人的怨恨だとしても、被疑者が現時点で世間に向けて主張している犯行動機は明確です。とすると、辻堂海浜公園の爆破予告は不自然だと思います」

「どういう点が不自然なのか」

「次のターゲットがいるとすれば、やはり被疑者は《天誅》と称して、その人間に対して直接的に殺害を実行するはずです。そんな犯行を実行する場所として、海浜公園の雑踏はもっとも適していません。無関係な第三者を巻き込むことになるからです。これらの点から、わたしは爆破予告は我々県警を混乱させるためのフェイクだと考えています」

「しかし、愉快犯でないとしたら、なぜそんなフェイクをするんだ？」

佐竹管理官の疑問はもっともである。

「我々を混乱させて、捜査能力を分散させ、次の犯行の実行を容易にするためだと思われます」

「うん、真田の意見には説得力があるな。やはりガセか……」

福島一課長の言葉に、佐竹管理官は賛同しなかった。

「真田の分析によって判断を下すには問題が大きすぎます。黒田刑事部長にご判断を仰ぐべき問題のように思料しますが」

「そうだな……判断に困ったときはご連絡するようにとのお言葉だったな」

福島一課長は携帯電話を取りだした。

警察組織は上意下達が基本中の基本である。スマホを使わない人の多い世代だ。仰ぐことはきわめて少ない。いつでも連絡するようにと言い置いた黒田刑事部長はめずらしい幹部職員だといえる。

すぐに電話はつながり、福島一課長は、被疑者からのメッセージを読み上げ、いまここで繰り広げられた議論を要約して伝えた。

「はい、わかりました。公園を閉鎖して利用者を外に出すんですね。さらに爆処理を急行させます。え？　真田も行かせるんですか？　わかりました」

電話を切った福島一課長は、大きな声で指示を出した。

「都市公園課に連絡して、辻堂海浜公園を直ちに閉鎖させろ。さらに管理事務所に利用者を安全に施設外へ退去させるように要請するんだ。江の島署は地域安全課を中心に少しでも多くの捜査員を現地へ急行させて混乱を防ぐ処置をとれ」

捜査員たちが、あわただしく無線や電話で各方面に連絡を入れる。

同じ神奈川県の施設だけに、民間施設に比べればマシだろうが、八月の混雑期だけに施設管理者は難色を示すのではないだろうか。

「爆発物処理隊を辻堂海浜公園に急行させろ」

小早川が警備部の捜査員に指示を出した。爆発物処理隊は第二機動隊に所属している。機動隊は警備部の下部組織である。

（爆処理チームは、たしか川崎の中原だったよな……）

辻堂まで来るのに、どれくらいの時間が掛かるのだろう。さっきこの江の島署へ来るときも、海岸沿いの国道一三四号は場所によってはかなり混んでいた。

福島一課長は、夏希に向き直った。

「黒田刑事部長から真田も現場に出るようにとの命令だ」

「わたしが現場に出て、何をするんですか」

素朴な疑問だった。

「被疑者がターゲットにしている辻堂海浜公園の現場観察だ。被疑者の心情に迫るための資料収集をしてくれ。ただし、爆処理が到着して、危険のないことが確認できるまでは、駐車場付近からの観察に留めるようにとのお言葉だ」

「どこまで資料が集められるか心もとないですが……ところでチャットに着信があった

ます」

「科捜研からタブレット貸与されてるよね。そっちのメアドにチャットルームのURLを送る。捜査本部でもチェックを続けるので、いざというときには無線か電話で連絡し
場合の対応はどうしましょうか？」

　小早川管理官が指示した。

「了解しました」

「いま、江の島弁天橋の現場付近で、小川巡査部長がアリシアと遺留品収集活動を続けている。こちらの駐車場へクルマを回すように指示するから、小川のクルマで海浜公園に行ってくれ」

　佐竹管理官の言葉に夏希はホッとした。

　辻堂海浜公園などという場所が、どこにあるのかもよくわかっていなかった。

「はい、このまま駐車場へ向かいます。失礼します」

　会議室を出る夏希の心中は複雑だった。

　捜査本部でも意見を述べたが、夏希はシフォン◆ケーキを名乗る犯人が、実際に爆破行為に出るとはどうしても思えなかった。

　だが、もしその予告が真実だとすれば、これから非常に危険な地域に足を踏み入れなければならないのだ。

第二章　シーブリーズ辻堂

【1】@二〇一七年八月七日（月）昼前

広い駐車場にはアイドリング状態のバンが停まっていた。ラゲッジスペースには、ケージにアリシアがきちんと座っている。

「乗って」

窓を開けた小川が声を掛けてきた。

夏希が助手席に座ると、小川はすぐにクルマを出した。

だが……。

目の前の国道一三四号線辻堂方向の二車線は大渋滞している。親切な軽自動車が車列に入れてくれたものの、それきりいつまで経っても、江の島署の敷地沿いから動かない。

「上の連中はいったい何考えてるんだろう。見ろよ。動きゃしない。反対方向もだよ」

たしかに、鎌倉方向へ向かう二車線もほとんど動いていない。

「サイレン鳴らして緊急走行したら？」

「あのね……二車線に並んでるクルマが、路側帯も狭いこの道を空けるのは無理だ。空や海によけられるわけないだろ」

「それもそうだね……」

「こんな時間に、辻堂海浜公園を閉鎖して、あそこのクルマを追い出すなんて馬鹿なこと誰が考えたんだ」

小川は吐き捨てた。

「黒田刑事部長だけど」

「どうかしてるよ。今日は八月七日だぜ。早い会社はもうお盆休みに入ってる。当然ながら、江の島も辻堂も茅ヶ崎も海沿いは大混雑だ。むかしに比べて減ったとはいえ、江の島周辺だけで一日に数万人が押し寄せてるんだ」

「クルマはこの道に集中するわけね」

「そうだよ。観光施設はほとんどこの道路沿いだし、東海道線の北側を走ってる国道一号線まで東西方向の大きな道路はない。生活道路としても重要な道だ」

「だからこんなに混んでいるのか」

相変わらず、クルマはほとんど前に進まない。

「辻堂海浜公園だって、この道に沿っている。あの公園には千台の駐車スペースがあるんだぞ。いっぺんに千台のクルマが一三四号に吐き出されてみろ。大渋滞するのは目に見えてる。京大出の秀才のわりには、こんな簡単な計算もできないのか」

　小川は辛らつな調子で口を尖らせた。

「黒田刑事部長、湘南のことよく知らないんじゃないの。キャリアって全国またがって異動するわけだし」

　自分を評価してくれる黒田刑事部長をなんとなくかばってしまった。

　が、これは事実で、キャリアは二、三年くらいで全国を異動する。たとえば、黒田刑事部長が昨年の夏に北海道警本部から異動してきて、今度の三月に福岡県警本部に異動になったとしても少しもおかしくない。

　キャリアは、国家公務員総合職試験（かつては上級試験、Ⅰ種試験）で、国に採用された官僚なのだから、全国異動はあたりまえである。

　夏希は準キャリアとして神奈川県警察に採用になっているので、そうした広域異動はまずないが。

「捜査本部には、江の島署の署長がいただろ。わかってるはずなのに、何も言わなかったのか？」

「署長……いたっけな……」

　そう言えば、江の島署長の存在をすっかり忘れていた。たしか副捜査本部長席に座っていた気がする。

「まぁ、だいたいの場合、副捜査本部長っても、かたちだけだからね。いたとしても、刑事部長の判断に異を唱えるようなタイプは、署長なんかに出世してないか」

「あなたは平気で反論しそうね」

「俺？　おとなしくしてるよ。いまの部署から異動なんて絶対に嫌だからね」

「アリシアと離れちゃうもんね」

小川は、横顔で笑った。

こんな笑顔は、小川らしくて嫌いではない。

だが、小川がこんな風に笑うのは、たいていアリシアがらみの話が出たときだ。

「お、ちょっと進んだ。裏道行くぞ」

洒落たかたちの歩道橋手前を小川は右折した。

対向車線も詰まっているので、ラクに曲がれた。

鑑識バンは、見た目はきれいで怪しげなホテル沿いの細道に入った。

いきなりサイレンを鳴らして、バンは走り始めた。

背後のラゲッジスペースで、アリシアが少しだけ動きを見せた。

歩行者もいるし、すれ違いが厳しい狭い道なので、スピードが出せるわけではない。

夏希は「REST三千円～、STAY七千円～」と、派手な色の文字で描かれたホテルの看板を横目で見ながら訊いた。

「道、詳しいね。このあたり、よく来るの」

「むかしは、よく来たな」

小川は前方へ視線を置いたまま、ぼそりとつぶやいた。

「へぇ……こんなところに来てたんだ……意外」

小川がREST利用でもしていたのであろうか。

なんとなくおもしろくない自分に気づいて、夏希は苦笑した。

「何言ってんの。意味わかんないんだけど」

小川は不機嫌そうに答えた。

たしかにアリシア以外の、小川の恋人を想像できなかった。藤沢署にでもいたことがあるのだろう。

すぐに一時停止標識のところで、クルマは左折して、国道一三四号と並行する道を走り始めた。怪しげなホテルはあれきり消えて、高級マンションや一戸建ての住宅のなかを細道は真っ直ぐに西へ続いている。

ベビーカーを押す母親や、杖をついて歩く老人をかばうように連れそう老婦人の横を、小川は慎重に進んでゆく。

「サイレン切ったら？」

「たしかに近所迷惑だけどね。この道はクロスしてる道が次々に出てくるんだ。横からぶつけられたら目も当てられない。警告の意味で鳴らしておくよ」

パトカーを含めた緊急車両の事故だって少なくない。小川の判断には反対できなかった。

少し道が広くなったと思ったら、またすぐに狭くなるといったような状態を繰り返しつつクルマは進んだ。

引地川（ひきじがわ）という川を渡ってから、小川は住宅地のなかの狭い交差点を何度も曲がった。すでに夏希には東西南北どちらに進んでいるのかもわからなくなっていた。ナビなど見ていないところをみると、このあたりの道にはすごく詳しいらしい。

小さなT字路の正面にスーパーマーケットが見えた。前をふさぐ車列のために、クルマは動かなくなった。

「ほら、見ろ。まったく動いてない。海浜公園はここから五十メートルなんだ」

「どうする？」

「スーパーの駐車場に入っちまおう」

小川は目の前の駐車場を指さした。

わずか五十メートル先の辻堂海浜公園から退避命令が出ているのに、目の前のスーパーを見て、夏希は異様な思いにとらわれた。

スーパーは、ふつうに営業している。

駐車場の出口には、前の道に出られないクルマがつながっている。だが、入口は混雑も見せておらず、ガラス越しに見える店舗内では買い物客たちがカートを押して買い物の真っ最中である。昼食の買い物に来た近所の主婦が多そうだ。

辻堂海浜公園から出るクルマで、国道一三四号は大渋滞が起きているのにもかかわらず、店舗内ではそんなことが嘘のように日常生活が営まれている。

たしかに、退避命令は、地域的にどこかで線引きしないわけにはいかないだろう。しかし、あまりにも平和な光景にちぐはぐな印象は拭えなかった。

小川は跳ね上げ式のゲートをくぐってクルマをスーパーの駐車場に入れた。リアゲートを開けると、ケージからアリシアがしゅるっとアスファルトに降り立った。

「アリシア！」

抱きつきたかったが、そうはいかなかった。

まわりを男女数人の小学校中学年くらいの子どもたちが取り囲んだ。

「え、かわいい」

「ねぇねぇ、これって警察犬？」

「アリシアって名前？　女の子なの？」

瞳を輝かして子どもたちはアリシアを見ている。

アリシアはいくぶん緊張して、前方を見つめていた。

「お仕事だから、ごめんね」

夏希の声をきっかけに、小川がアリシアのリードを引っ張った。

子どもたちの騒ぎ声を残して、二人と一匹は駐車場を出た。

前の道に出て動かない車列の横をすり抜けてゆくと、後ろからゾロゾロ子どもたちが従いて来る。

「帰りなさい。従いて来ないでっ」

夏希は背後を振り返って大声で叫んだ。

「うぜぇ」

「ムカつく」

「クソばばぁ」

悪態をついて子どもたちは散った。

まったくもってかわいくないが、この年頃の子どもは仕方ない。

数十メートル進むと、辻堂海浜公園の駐車場の看板が見えてきた。

右、平塚・茅ヶ崎、左、鎌倉・江の島と記された道路案内標識の向こうにクルマがつながっている国道一三四号が見えている。

潮風が夏希の身体を駆け抜けてゆく。

二人の制服警察官が、赤白の指揮棒を振って出庫するクルマを国道へ誘導している。

白いヘルメットに明るい青の制服からすると、交通機動隊員のようである。そばに三台の白バイが停めてある。

「誘導に従って、国道に出てください。反対方向へは通行できません」

もう一人、小川と同じ年頃の背の高い交機隊員が、小型メガホンで叫んでいた。

「ご苦労さん」

小川は気さくに声を掛けた。階級章からすると、相手も巡査部長らしい。

「あれ、本庁の鑑識が出動なのか……そちらは？」

「科捜研の真田分析官だよ」

小川が素っ気ない調子で紹介した。

交機隊員はさっと挙手の礼をした。

「第二交通機動隊茅ヶ崎分駐所の大久保（おおくぼ）です。お噂はかねがね……」

「あ、どうも真田です」

頭を下げながら、夏希は戸惑った。相手は交通部の交機隊員である。そんな部局にまで自分のどんな噂が流れているというのか。

「交通誘導大変ですね」

夏希がねぎらいの声を掛けると、大久保は陽に灼（や）けたごっつい顔に苦笑いを浮かべた。

「参ってます。なにせ、我々が大渋滞の原因作っちゃってるわけで……さっきからたくさんのドライバーに食って掛かられてます。おまけに遠くから遊びに来た家族連れがほとんどなんで、追い出すこっちはすっかり悪役ですよ。それにしても、本当に爆弾なんて仕掛けられてるんですかね？」

真実性に夏希は疑いを抱いているわけだが、その言葉を口にするわけにはいかない。

「爆弾仕掛けたって予告があったから、俺たちが来てるわけだよ」

小川はアリシアの頭を撫（な）でながら答えた。

「アリシアだっけ。えらく優秀なんだってな。交機でもけっこう話題になってるよ」

「あたりまえさ。アリシアは日本一の警察犬だ」

小川は得意げに背を反らした。

「あの……爆処理来てませんよね？」

川崎から十分そこそこで到着するはずがない。

「はぁ、まだですが……」

「爆処理が来るまでは駐車場で待機するように指示されています。えーと、ここ全体の指揮官はどこにいますか？」

「江の島署の地域課長が来ているはずです。ご案内しますよ」

大久保が先に立って歩き始めた。

両側を松林に囲まれただだっ広い駐車場の海とは反対側の右端へ大久保は足を向けた。

駐車場のクルマは半分ほどが外に出ている。何人かの制服警察官が、窓越しにドライバーに話しかけていたり、指揮棒を振っていたりする。背後には地域課長たちなのか、三人の警察官が立っていた。

駐車場の西端近くまで進み、大久保が警察官たちに声を掛けようと近づいていった。

そのときである。

アリシアが低くうなって立ち止まった。

黒い身体を細かく震わせて、目の前のアスファルトの臭いを嗅ぎ始めた。

「どうした？　アリシア」

小川が声を掛けると、アリシアは首を後ろへ曲げて顔を見た。

「わかった。何か見つけたんだな」

ポケットから大きなクレヨンのようなものを取り出すと小川はアスファルトに大きく×印を描いた。オレンジ色で見やすい印だった。

「それなに？」

「油性チョークだよ。雨にも流れないし、発色がいいから便利なんだ……行くぞ、アリシア」

小川はリードを二度ほど軽く引っ張った。

ピンと尻尾を立てたアリシアは、地面に鼻先を近づけて匂いを嗅ぎながら、小川を引っ張って反対の海側へと進み始めた。

夏希もあわてて後を追う。

「ね。まさか、爆発物を見つけたんじゃ」

夏希は鳥肌が立つような思いで訊いた。

「わからん。ただ、爆発物のときと反応が違う」

小川は、アリシアの背を見つめながら答えた。

大久保も後から従いて来た。

小川は真剣な顔つきでアスファルトの数カ所に×印を描いている。横に数字の通し番号も振っているようであった。

駐車場の右手を見ると、何ごとか起きたかというように、警察官たちがアリシアと夏希たちを見ている。

アリシアはそのまま駐車場の隅まで進んだ。右手には池のある庭園がひろがっている。

だが、アリシアは目の前にひろがる松林の中へ入っていった。

木漏れ日のなか、小径が細く続いている。

油蟬の鳴き声がうるさいほどに響いてきた。

夏希たちは松葉を踏みしめて、小径を林の奥へと進んだ。

やがて小径が左に分岐している地点があった。

アリシアは左の分かれ道に鼻先を進めた。

十メートルほど歩いたところで、分かれ道は行き止まりになっていた。

かすかな臭気を夏希は感じた。

腐敗した生ゴミと糞尿の混じったような臭いであった。

「こりゃあ」

背後で大久保が小さく叫んだ。

「ああ、間違いないな……」

小川がうそ寒い声を出した。

夏希は嫌な予感に背筋がこわばるのを覚えた。

アリシアは道がなくなった松林の奥へと身を入れて、ふたたび小川を振り返った。

「この奥なんだな」

小川は答えながら、アリシアとともに松林へ足を踏み入れた。

「真田さんはここにいたほうがいいです」

大久保は気遣わしげに夏希を見た。

昨日のようにぶっ倒れたくはない。

しかし、これは警察官の仕事なのだ。

「いえ、わたしも行きます」

夏希は言葉に力を込めて答え、アリシアと小川の背中を追った。

膝が小さく震えるのを隠しながら……。

薄暗い松林へ入ると、臭気はますますひどくなり、夏希は気分が悪くなってきた。

アリシアが動きを止めた。

目の前にブルーシートにくるまれた等身大の物体が横たわっている。シートはトラックロープでグルグル巻きに縛られていた。

「ああ、やっぱり」

小川が暗い声を出した。

「とりあえずロープ外すか」

大久保が小川に向かって訊いた。

「いちおう中身を確認しないとな。真田、アリシアのリード持ってて」

「了解……」

震え声でリードを手にすると、アリシアがしゅるっと夏希の右脚の横に寄ってきた。

チノパン越しにアリシアの温もりが伝わる。

「意外と結び目が固くないな。シートがひと晩くらい風に飛ばされなきゃいいって程度の縛り方のように思える」

「こういうときに鑑識と一緒だと安心だな。交通事故ですら、ついうっかり現況をいじると、後で大目玉だ」

「どんな現場も、俺たちが見るまでは、ほかの捜査員はお預けだからな。あんたも鑑識に来るか」

「冗談言うな。県警のエリート交機隊員が、何が悲しくて鑑識なんぞに行くってんだ」

ロープの結び目を外しながら冗談を言っている二人の神経がわからない。

（二人とも扁桃体が不活性なんじゃないの？）

恐怖を感ずるのは、扁桃体である。この部位が損傷すると、たとえ生命の危機に襲われても恐怖を感じなくなる。恐怖と優しさという、まったく異なるこころの動きを、同じ神経細胞が司っているというのはおもしろい。

などと、一所懸命、理屈を考えながら、夏希は恐怖に耐えていた。

（倒れたりなんかしないぞ……）

あんな無ざまな真似を、小川の前で二度とできない。夏希は歯を食いしばった。

手袋をはめた二人の捜査員の手でロープが外され、音を立ててシートが剝がされた。

仰向けのデニムの足が見えた。

臭気がいっそうきつくなる。

夏希は懸命に吐き気をこらえ続けた。

心因性嘔吐は、大脳がストレスを処理できないときに、脳幹内の反射中枢である嘔吐中枢が刺激されて起きる。有効なのは向精神薬の処方であって……と、そんなことを考えている場合ではない。

頭部は小川たちの背中で隠されている。

「やっぱり新しいホトケだ」

大久保の言葉に、小川が死体を観察しながらうなずいた。

「頸部に索状痕が見られる。間違いなく絞殺だね」

「なるほど、たしかに……」

大久保はうなり声を上げた。

感情と生理的反応を意志の力で押し殺して、夏希は死体へ目をやった。

小川の言葉通り、首に二筋の赤いミミズ腫れが残り、その隙間に皮下出血の痕跡が見える。明確な索状痕である。

苦しげに顔を歪めている男性の口からは舌が飛び出ていた。

死体の年齢はわかりにくいが、少なくとも若い人物ではない。

顔全体が紫色に腫れ上がり、あちこちに赤いシミのような溢血点が見られる。

「顔面のうっ血、チアノーゼと腫脹が見られる。顔面部皮膚、とくに眼瞼部の溢血点が顕著……定型的縊死ではない」

夏希は抑揚のない声で、法医学的外表所見を列挙した。

そうしていないと、また、倒れそうな気がしたからである。

すでに背中に気持ちの悪い汗がにじみ出ている。

「え……」

「真田、ぶっ倒れるなよ」

二人が振り返った。

定型的縊死とは、首吊りを思い浮かべるときのあの姿であって、つまり両脚が宙に浮いているような状態で縊死した場合をいう。従って、絞殺は通常は非定型的縊死に含まれる。

「ほら、首の下あたり、ワイシャツのはだけた胸元には死斑がたくさん見受けられる。はっきりしたことは言えないけど、両腕やデコルテを見て。暗紫赤色死斑が広範囲に著明に発現している。死後数時間以上は経過している。この外表所見も絞殺を疑うにじゅうぶんよ」

うっとこみ上げてくるものを必死でこらえながら、夏希は所見を述べ続けた。

「なるほど、しかし、ふつう死体の胸元を、デコルテとか言わないよな」

小川はあきれ声を出した。

「真田分析官は心理職じゃなかったんですか？」

屈み込んでいる大久保が、不思議そうに夏希の顔を見上げた。

「はぁ……医師の経験もありますんで」

「いや、医者や鑑識ってのはすげぇもんだな。俺にはちっともわからん」

大久保は首を振り振りしきりに感心している。

「戸田さんからはベンゾジアゼピン系の向精神薬が検出されているし、この遺体に対する薬毒物スクリーニングテストは絶対に必要だと思う」

「ああ、報告するけど、司法解剖の際に当然やるだろう」

小川は立ち上がって合掌し、大久保もこれに倣った。

夏希はクリスチャンではないが、子どもの頃はプロテスタント教会に通っていた。こうしたときはつい、胸の前で十字を切る癖が出る。

「本部に報告入れたらどうだ」

「そうだな……」

大久保は受令機と呼ばれるトランシーバを腰ベルトに付けていた。マイクはヘルメットに仕込まれている。

「交機五十二より神奈川本部、県立辻堂海浜公園にて爆発物捜索中に他殺体と思料される死体発見。位置は北緯三十五度十九分十二秒、東経百三十九度二十六分五十八秒。繰り返す……」

手にしていた黒っぽい機器の液晶画面を見ながら、大久保は同じ内容を繰り返して無線連絡した。機器はGPS端末らしい。

「神奈川本部より交機五十二。県立辻堂海浜公園の死体発見の件、了解。追って指示するまで、その場で待機せよ」

大久保の受令機から返答が返ってきた。

「これ、怨恨だな」

ふたたび遺体を調べていた小川が顔を上げた。

「見ろよ、尻のポケットに入ってた。財布の中に現金が二十万以上、カードがたんまり入ってる。物盗りでないのははっきりしてるよ」

小川が白手袋でつかんでいる黒革の財布は、フランスのブランド製だった。誰もが知っているモノグラムを小さく散らしたこの財布だけでも十万円近くするだろう。

やがて、死体発見を告げる通信指令室からの一斉無線が流れた。

五分もしないうちに、二人の私服捜査員がゴソゴソと林に入って来た。

「あんたらが発見したの？」

耳に受令機のイヤホンをした四角い顔の四十男が居丈高に訊いた。

「あ、機捜が先着か。発見したのはアリシアだよ」

小川は夏希からアリシアのリードを受け取りながら、誇らしげに答えた。

「警察犬か。しかし、鑑識と交機とはめずらしい組み合わせだな……そっちのお姉ちゃんは？」

男は不審げな顔で夏希を見た。

「科捜研の真田警部補だよ」

大久保がおもしろそうに紹介した。

男はいきなり背を伸ばして挙手の礼を送った。

背後の若い男もそろって敬礼した。

「失礼しました。機動捜査隊平塚分駐所の酒井です。後はおまかせ下さい」

急に慇懃な態度に変わったところを見ると、巡査部長なのだろう。警察は本当に過剰な階級社会である。

機動捜査隊は、夏希と同じ刑事部の所属だ。ふだんは覆面パトカーで巡回しているが、重要事件が発生すると犯罪現場に急行して初動捜査に当たる役割を担っている。

こんなに早く現場到着したところを見ると、爆発物の捜索のために、すでに公園内にいたのだろう。

「はい、もう帰ります」

正直、こんな場所からは、走って逃げ出したいくらいだった。

大脳のデフォルトモードネットワークを使った現場観察もできる状況でなかった。

夏希は細道の方向へきびすを返した。

「あ、ちょっと待てよ」

小川が死体の現況を無線で報告するのが終わるのを待って、アリシアを先頭に夏希たちは松林を出た。

駐車場へ戻る細道で、反対方向から駆けつける四人の私服警察官とすれ違った。機捜か刑事課の捜査員のようである。これから大がかりな実況見分が始まるのだろう。

「アリシア、さすがね。あんなに離れたところから、死体に気づいたのね」

「犬は人間の一億倍の嗅覚を持っているともいわれるからね。でも、あんまり遠距離は駄目なんだ。だから、アリシアが最初に反応を見せた場所から、地面にマーキングしてたんだよ」

「なるほど、アリシアは、遺体を運んだ経路に沿って進んだっていうわけか」

「おそらく最初のマーキング地点で、被害者をクルマから降ろしたんだろう」

推定の形をとっているが、小川の言葉は自信に満ちていた。

この現場に来てから鑑識課員としての小川の姿を見て、夏希はいままでにない頼もしさを感じていた。頼りになる男の姿を見せた小川に目を見張る思いだった。

「もし、被害者がすでに死んでいたとしたら、なんでもっと松林に近いところまで車で運ばなかったのかな」

「たぶん、なにかの事情で公園管理者が夜間の利用エリアを制限していたんじゃないかな」

「そうか、車止めとか置いていたのか……ところで、事情が変わったね」

「なんの事情が変わったって？」

「被疑者が辻堂海浜公園を爆破するって宣言したのはやっぱりフェイクだよ。あの遺体をわたしたち警察に発見させたくて、ここを指定したんだと思う」

「そうかもしれんな。爆弾なんて不慣れな者にはなかなか扱えないからね」

小川の言う通りだ。爆燃性の化学物質を扱えるのは、建築業従事者や花火関係事業者、あるいは研究機関くらいのものである。

患者を装えば誰でも医者から比較的容易に入手でき、ある程度調べれば悪用できるベンゾジアゼピン系の向精神薬とはわけが違う。

夏希はショルダーバッグからタブレットを取り出した。チャットルームへの新たな投稿は来ていなかった。

「ちょっと、福島一課長に電話入れてみるね」

三回のコールで福島一課長のしゃがれ声が聞こえた。

「お、真田か。そっちで絞殺体を発見したそうだな」

「はい、アリシアと小川さんが見つけました。そこで、ちょっとお話があります」

「なんだね？　今後の捜査に対する課題かね」

「爆破予告はフェイクです。警察官をこの辻堂海浜公園に出動させてあの遺体を発見させたくて、被疑者はそんなことを言ったんです。ですので、公園閉鎖の解除と殺人関係を除く捜査員の解散をしたほうがよいと思います」

「なるほど。たしかにその意見には説得力があるな」

福島一課長は即答した。

「あれ以降、チャットルームにメッセージ投稿はないみたいですね」

「うん。だが、ワールドペディアに被疑者と思料される人物から新規投稿があった」

夏希は内心で驚いた。まるで、夏希たちの遺体発見をどこかで見ていたようなタイミングのよさである。

「今回の殺人に関するメッセージですか」

「後で詳しく説明するが、まず、間違いない。とにかく、真田は小川巡査部長のクルマでいったん捜査本部に戻れ」

「わかりました」

電話を切ると、小川の受令機から指示が流れている。

「管内にいる殺人事件捜査本部の捜査員は戻ってこいってさ。緊急捜査会議だそうだ」

「また、アリシアの大手柄ね」

「江の島署に戻ったら、アリシアにご褒美あげなきゃな」

小川はアリシアの頭を撫でながら、やに下がった声を出した。

アリシアはふうんと鳴いて、小川を黒い瞳で見つめた。

「ここでお別れですね。自分たちは周辺の交通整理が残ってますんで。いや、いきなり遺体発見なんて、さすがに経験ないです。また、お目に掛かれますことを願ってます」

大久保はにこやかに言って、挙手の礼で夏希たちを見送った。

【2】@二〇一七年八月七日（月）昼前

捜査本部に戻ってみると、捜査員の三分の一にあたる、十数人が戻ってきていた。加藤や石田の姿は見えない。

司会が立って緊急捜査会議が始まった。

「本事案は新たな展開を見せることとなった。爆破予告のあった県立辻堂海浜公園で爆発物は発見されなかった。ところが、公園内で男性の死体が発見された」

佐竹管理官の言葉に会議室はざわざわと落ち着かぬ雰囲気に満ちた。連続殺人などという事件は、神奈川県警全体でも滅多に発生するものではない。

「被害者は五十歳前後の男性、デニムシャツとジーパン姿だ。現在、刑事調査官が臨場しているが、現時点で鑑識から上がっている報告からすると、絞殺されたものと考えて間違いはないだろう」

小川の報告だろう。少なくとも、夏希たちが現場を出たときには、ほかに鑑識課員は現場到着していなかった。

刑事調査官とは、犯罪性の疑いを持つ遺体の検視を行う警察官を指す。刑事調査官の判断で遺体は司法解剖にまわされる。俗に検視官と呼ばれるが、これは正しい職名ではない。

「遺体発見により、被疑者から今朝ほど届いたメッセージは、捜査員を辻堂海浜公園に集めるための虚偽のものであると判断した。先ほど公園の閉鎖を解き、爆発物の探索に当たっていた捜査員を解散させた」

佐竹管理官は平静な顔で告げたが、振り回された捜査員たち……いや、何よりもせっかくの夏休みを奪われた市民たちは実に気の毒である。

しかしもし、あの恫喝がフェイクでなかったとしたら、大変な事態になっていた。警察の判断は実に難しいと夏希は思った。

「被害者については、つい先ほど、ワールドペディアに新たな投稿があった」

スクリーンに、ブラウザのキャプチャー画像が映し出された。

筒井定司（つついさだじ）　千葉市出身　青山学院大学法学部卒業　株式会社ラブライフ代表取締役社長

【人物】ＩＴ関連企業勤務を経て、二〇一三年より暮らしを楽しむ情報を配信するキュレーションメディアであるラブライフ・メディアを運営する。

【エピソード】数多くの者から財産を巻き上げて窮地に追いやった詐欺師としての劫罰により、天誅を受け、神奈川県立辻堂海浜公園にて殺害される。――

会議室を重苦しい沈黙が覆っている。

それにしても、戸田勝利といい、筒井定司といい、追記された「劫罰」に、多少なりとも真実性があるのだろうか。

「発見された絞殺体と筒井定司さんの同一性を確認中だが、現時点では本人とは連絡が取れていない。同居家族の話では昨夜から自宅に戻っていないとのことだ。また、発見時に所持していたカード類の名義や、遺体の外見が五十一歳という筒井さんの年齢に近い点からも、辻堂海浜公園の遺体が筒井さんのものである可能性はきわめて高い。戸田さん同様、筒井さんも交友関係はひろく、鑑取りには困難が予想される。さらに現場付近には防犯カメラが設置されていないとのことだ」

佐竹管理官は苦々しげに言い終えて、席に座った。

「本事案はさらに凶悪性を増した。被疑者からの明確な犯行声明はまだ届いていないが、ワールドペディアへの記載と、辻堂海浜公園という殺害場所から見て、同一人物の犯行とみて間違いはない。ふたつの殺人がともに残酷な殺害方法であること、多額の金をそのままにしていた事実から考えても、動機は怨恨である可能性がきわめて高い。鑑取り班は、手分けして第二の犯行の犠牲者である筒井さんの周囲を洗ってほしい。また、地取り班は辻堂海浜公園周辺を追加して聞き込みだ。鑑取り班を二つに分ける。詳しくは後ほど、佐竹管理官から聞くように」

福島一課長が今後の方針について、明確な口調で指示を出した。

「質問のある方は？」

司会が訊くと「はぁい」と気だるい感じの声が響いた。後方でボールペンを握った右手を突き出した捜査員がいる。

「江の島署刑事課強行犯係、加藤清文巡査部長……これでいいですか」

いつの間にか戻ってきていた加藤は、とぼけたような声で訊いた。

「なんだ？　加藤」

福島一課長は眉をひそめた。

「いや、自分、戸田さんの鑑取りに廻ってるんですけどね。とにかく、つきあい広すぎるんですよ。しかも各所に散ってるし、四十代以上の男性に絞っても五千人中四千人もいるんです。遺族や従業員からは、戸田さんが殺されるほど、恨まれてたなんて話はひとつも出てきてません。いまの三十人やそこらの鑑取り班の人数じゃ、第一期のうちじゃロクな鑑がつかめないと思うんですよ。その上、筒井さんの鑑取りに廻る人数を割くのは、はっきり言って無理です。被害者が一人から二人になったんですから、捜査員も倍にしてもらわないと困るんですよね」

加藤は不服そうに口を尖らせた。加藤が口にした「第一期」とは捜査の最初の三週間を言う。この三週間で被疑者の特定に至らないと、捜査本部は大幅に縮小されてしまうのが通常だった。

警察は階級社会である。捜査会議でこんな不服を言う捜査員はあまりいない。だが、ベテランの捜査員のなかには、相手の階級や地位を気にしない者もいる。加藤はそんな一人なのだ。

加藤はぶっきらぼうな態度とは裏腹に、純粋な男なのではないか。そんな感覚を覚えていた。刑事としての仕事だけに真っ直ぐな加藤に、夏希は敬意を抱き始めていた。

「捜査員の増員はすぐにはできないぞ」

福島一課長は、ちょっと気の毒そうに答えた。

「ま、頼んます。ただ、もっと効率よく鑑取りできないかと思うんですよ」

「どんな方法を採れって言うんだ」

「いや、これ、ふたつの事案の被害者、どこかでつながってるんじゃないかと思うんですよね。被疑者はその同じつながりの中で二人に怨恨を持ったんじゃないかってね。たとえば、二人が一緒の商売やってて、被疑者の会社を追い込んで潰したとかね。これは飽くまでたとえですけど……。とにかく、そのつながりさえ見つけりゃ、意外とあっさり被疑者に辿り着けるような気がするんですよ」

加藤の提案に、佐竹管理官が大きく顔をしかめた。

「わかった。では、加藤と相方の捜査員は、戸田さんと筒井さんのつながりについて鑑取りしてこい。いいですね、課長」

佐竹管理官の提案に福島一課長もうなずいた。

「ああ、そうしてもらおう。頼んだぞ」

中ほどの席で「えっ！　二人で？」と叫んだのは石田だった。刑事部の捜査員として加藤と組んでいるのだろう。

「わかりました。二人のつながりを洗います」

加藤があっさり座って、問題はこの場ではカタがついた感じになった。

緊急捜査会議は終わった。

佐竹管理官が捜査一課と江の島署刑事課捜査員たちの班分けを終えると、会議室は静かな状態に戻った。

夏希は目の前のPCをチェックしたが、シフォン◆ケーキからのメッセージは入っていなかった。

「ところで、小早川管理官、IP追跡班のほうはどうなんだ？　被疑者シフォンケーキの特定には至っていないのか？」

福島一課長の問いに、佐竹管理官が追い打ちを掛けた。

「今朝はワールドペディアに投稿したら、すぐにIPアドレスがわかるって言ってたな」

小早川は口をもぐもぐさせてから、少し息を整えて言葉を発した。

「いや、IPアドレスはすぐに判明しました。先ほどのアクセスは厚木市の仏教寺院……禅寺からの投稿でした」

「禅寺だと。なんで寺なんかに公衆無線LANが設置されているんだ」

福島一課長は素っ頓狂な声を出した。

「さぁ、参拝客や法事客などへのサービスのためではないでしょうか。病院やら寺やらの民間スポットへは、専門の運営会社が設置の勧誘をして廻っているようです。話を戻しますと、この寺院には防犯カメラは設置されていません」

「たしかに、お釈迦さまが、お参りに来る善男善女を監視するってのはどうもよくないな」

福島一課長は変なところで感心している。

「公衆無線LANは、意外な盲点でした」

小早川管理官は冴えぬ顔のままで言葉を継いだ。

「被疑者は、利用サービスを転々としています。発信回数が多ければ、当該アクセスポイントにおける滞在時間も長くなります。目撃情報も得られるでしょう。うまくいけば、張り込み中に身柄確保できる可能性もあります。しかし、発信回数が少なく、アクセスポイントを次々に移動されては、捜査員たちも追いかけきれません」

「防犯カメラの解析はどうなんだ？」

福島一課長が取りなすように訊いた。

「最初のワールドペディアへの投稿地点『平塚共済病院』待合室には防犯カメラは設置されているのですが、おもに置き引きに対応するためのものです。死角が多すぎて被疑者らしき人物の特定には至りませんでした。また、県警フォームへの投稿は、昨日分が藤沢市辻堂新町の大型ショッピングモール内の公衆無線LANでした。こちらは買い物客が多すぎて、現時点では特定できていません」

「それぞれのカメラに、パソコンを使っている人物などは映っていないのか」

「どうやら、被疑者はパソコンでない小型端末を用いているようです。たとえば、文章をすでに作って送信待機状態としておけば、一瞬のアクセスで投稿できます。トイレの個室などで、すべての準備をすませてからLAN電波を拾えるロビーに出て、ポケットの中で送信スイッチを押すなどという手を使っているかもしれません。となれば、防犯カメラの映像では通信を行っている人物とはわかりません」

小早川管理官は、弱り顔で答えた。

「今朝の真田分析官との交信はどうなのだ。何回かやりとりしているぞ」

「今朝の交信地点は、横浜西区の中央図書館でした。防犯カメラには何人かの人物が映っているのですが、とくに不審な動きをしている者の姿は見られませんでした」

「うーん、いろいろなところにアクセスポイントがあるんだな」

福島一課長は驚きの声を上げた。

「ホテル、ファミレス、ハンバーガーショップ、PCショップ、パチンコ店……いまや、無料で容易にアクセスできる公衆無線LANは無数に存在します。さらに、今後、加速度的に増えてゆくはずです」

「なんでそんなに急に増えるっていうんだ」

福島一課長が首を傾げた。

「東京オリンピックの開催に向けて、おもに訪日外国人客の需要に応えるために、政府主導で設置場所を増やしているのです。実を言えば、神奈川県も県有施設への公衆無線LAN整備に協力できる事業者を募集しています。設置候補の県有施設の中には、県庁本庁舎をはじめ各市町村の庁舎や県民ホール、県立病院、青少年センターなどの教育施設、一部の県立学校のほか……」

「まさかと思うが……」

「はい。我が神奈川県警察本庁舎をはじめ、この江の島署をはじめとする各警察署、全交番が候補対象となっております」

「なんていうことだ。数年で、町中どこへいっても、公衆無線LANスポットだらけになってしまうということか」

便利にはなるかもしれない。しかし、本当にあわてて整備すべきインフラなのだろうか。

そんな予算を、たとえばAEDの設置にでもまわしたほうがよっぽど世の中の役に立つのではないか。夏希は納得のいかないものを感じていた。

「それが、この事業の目的ですから。公衆無線LANでは、ひとつのアクセスポイントに十台から三十台くらいの機器が同時接続できます。接続しているすべての人間を防犯カメラ網が捕捉するのは、ますます困難となってゆくはずです」

「共通した人物が発見できれば、そいつが被疑者だな」

「もしかすると、被疑者はあらかじめ、防犯カメラの死角を知った上で投稿しているのかもしれません」

「とすれば、通信現場での身柄確保は難しいな……」

「過去の膨大な記録をチェックすれば、被疑者が死角を探している姿が映り込んでいる可能性はあります。ですが、発見には相当に時間が掛かるでしょう」

「要するに、公衆無線LANスポットのIPアドレスが判明しても、迅速な被疑者特定には結びつきにくいって結論なんだな？」

佐竹管理官がちょっと意地の悪い調子で訊いた。

「は……公衆無線LANのIPアドレスから被疑者を特定するのは困難な状況になっています。しかし、こんな子供だましの手はいつまでも通用しません。国際テロ対策室では、すでに被疑者が使用している端末のMACアドレスの解析に着手しています」

小早川は少し勢いづいた調子で言った。

「MACアドレスって何かね」

福島一課長がぼんやりと尋ねた。

夏希も初めて聞く言葉だった。アップルのコンピュータと関係があるのだろうか。

「Media Access Control address の略称です。無線LANにアクセスするためには、端末にワイヤレス無線LAN……代表的なものではWi-Fiの発信装置が入っている必要があります。通常は二・四ギガヘルツ帯の電波を用います。その発信装置には一つ一つに十六進数で表現されるアドレスが付けられているのです。被疑者の用いている端末のMACアドレスを突き止めれば、やがて本人に辿り着けるはずです」

小早川管理官は、急に得意げなようすに変わった。

「わかったぞ。つまり、被疑者の端末から電波を受けている公衆無線LANのIPアドレスが判明しても、防犯カメラなどでは被疑者を特定できていない。しかし、逆に被疑者が電波を出している側のアドレスを追いかければ、被疑者の所有し、利用している端末自体を特定できると。こういうことなんだな」

福島一課長が明るい声を出した。

「その通りです」

小早川管理官は大きくうなずいた。

「端末ってどんなものですか」

夏希も質問した。PC、タブレット、スマホくらいしか思いつかない。

「携帯電話網を使っていない以上、さまざまな端末が考えられますが、たぶんタブレットでしょう。Wi-Fiの発信装置を仕込んだSDカードも製品化されてよく使われています。これを使えば、SDスロットを持つ機器ならなんでもOKです」

「とすると、被疑者はITに強い者ということになるのか。たとえば、ハッカーであるとか」

福島一課長の質問に、小早川管理官は、小さく鼻を鳴らした。

「いえ、こんなことは常識中の常識です。ちょっとPCを使いこなしている人間なら、誰でも知っていることです。ともかく、MACアドレスを解析することによって被疑者に迫ることも容易だと考えています」

「その発信機器の販売ルートを追うということか」

佐竹管理官が眉間に縦じわを寄せた。

「そうなってきますね」

「となると、なかなか大変な捜査になるじゃないか」

「たしかに、人海戦術が必要とは思いますが……」

小早川管理官は苦しげに答えた。

そのとき、目の前のPCからチャットに着信があったことを知らせるアラームが鳴った。

一瞬にして、会議室の空気が張り詰めた。

──百合ちゃん海浜公園に置いといたボクのプレゼント、受け取ってくれたかな？

「IPチェックしろ。急いでLAN事業者にアクセスポイントを開示させるんだ」

小早川管理官が、緊張した声で指示すると、夏希へ向き直った。

「真田さん、なるべく会話を引き延ばしてください」

「わかりました」

――驚きました。あなたのしわざなのね？

――ほかに誰がやれるって言うんだ？

――筒井さんは、なぜ、死ななければならなかったの？

――ワールドペディア、見なかったのか？

――わたしには死ななければならないほどの罪だとは思えない。

――死んだほうがいいヤツだったんだ。

――あなたがお金をだまし取られたわけじゃないんでしょ？

――ボク自身の問題じゃない。何度も言ってるじゃないか。これは正義の実行だ。

——あなたの問題じゃないのに、どうして殺人なんて恐ろしいことができるのか、わたしには理解できない。

——だから、社会正義を実行しているんだよ。

「入力速度は速いとは言えないな……」

小早川管理官がつぶやいた。

たしかに夏希の入力よりも遅いのではないか。夏希自身はタッチ・タイピングもできないし、キーボード入力がそんなに速いほうではない。

夏希は本質的な部分に突っ込みを入れてみることにした。

——わたしには個人的な恨みにしか思えないけど。

——何でそう思うの？　キミの得意な心理分析ってヤツか。

——分析するまでもないでしょ。あなたは、戸田さんと筒井さんを苦しめて殺害した。二人の苦しむ姿を見たかったからとしか思えない。

——悪人はラクには死なせないだけさ。

——あなたがつらい思いをしたのなら、話してほしいんだけど。

——だから、ボクの問題じゃないと言ってるだろ。しつこいぞ。

背後で捜査員の緊張した声が聞こえた。

「出ました。藤沢市湘南台八—一—三十五、湘南台総合病院一号館一階ロビーです」

「付近の全県警車両を、現場に急行させろっ」

福島一課長が下命した。

——長話してると、おまわりさん来ちゃうから、じゃあね。今度こそ爆弾使うよ〜♪

——えっ、爆弾って。ね、教えて。

それきり通信は途絶えた。

「捜査本部内の会話を聞いていたかのようなタイミングだな」

福島一課長が不思議そうに首を振った。

「いや偶然でしょう。被疑者が通信を開始して終了するまで、四分五十三秒です。五分以内に通信を終了するつもりだったんだと思います」

小早川管理官は腕時計を見ながら答えた。

ごっつい黒いミリタリーウォッチだが、文字盤の六時付近に《NERV》という黄色と赤の派手なロゴが入っている。

どこかで見た覚えのあるロゴだったが、思い出せなかった。

夏希は少しだけ苛立っていた。

シフォン◆ケーキの発話量はきわめて少ない。おまけに、何かを問いかけてもすべての答えをはぐらかされてしまう。さらには一方的にさっさと通信を打ち切る。

有効な分析ができるはずもないし、回線に釘づけにすることにも成功していなかった。

連絡係の捜査員が近づいて来た。

「湘南台総合病院に現場到着した機捜からの報告によれば、ロビーで通信を行っている人物はいなかったとのことです」

「くそっ、また、逃げられたか……」

小早川管理官は、歯がみした。

「防犯カメラに期待するしかなさそうだな」

佐竹管理官も悔しげな声を出した。

福島一課長が夏希の机に歩み寄ってきた。

「真田、いまの会話で、なにかつかめたか」

「いえ、通信時間を短くしようという意図だと思いますが、極端に言葉数が少なかったですから……」

だが、福島一課長は許さない。

「なんでもいい。参考になるかもしれん」

「社会正義を標榜していますが、やはり怪しい気がします。戸田さん、筒井さんについて本当に天誅を加える意図であれば、もっと強く、その劫罰について主張してくるはずです。ところが、ワールドペディアの記述も、女性関係と詐欺といった抽象的な内容に留まって、詳細について何ひとつ触れてきません。いまの対話でも同じことでした」

佐竹管理官が賛同した。

「うん、わたしもそう思う。戸田さんについて、被疑者は若手タレントを毒牙に掛けたとワールドペディアに書いていた。ところが、いまのところ鑑取り班からは、そういった報告はひとつも上がっていない。むしろ、女性関係については問題のない戸田さんの人物像が浮かび上がってきている。被疑者の主張している劫罰とやらは、実在しないことなのかもしれんな」

「では、なんのために、あんなに残酷な方法で、二人も殺したんでしょうかね」

小早川管理官は、嘆くような口調で言った。

「個人的な怨恨だろう。それを社会正義のように糊塗しているだけだ」

「糊塗には違いないのですけれど……」

夏希は迷いつつ、言葉を継いだ。

「人間は他者への罰に快感を覚えるという性質を持ちます。『囚人のジレンマ』という古典的な実験をご存じですか」

「もちろん知ってますよ」

小早川は得意げに鼻を鳴らして言葉を続けた。

「共犯者が別々に尋問されるという前提ですね。一人が自白し、もう一人が黙秘を続けた場合、自白した者は釈放され、黙秘していた者には懲役十年の刑を科す。二人とも黙秘を通した場合には、ともに懲役一年となる。二人とも自白した場合にはともに懲役五年とする。こんな条件を二人に提示する」

「そうです。二人が最大の利益を得られるのはともに黙秘すればいいわけです。だけど、ほとんどの被験者は、相手に裏切られることを恐れて自白してしまう。これが一般的な人間の行動なのです」

「自分の利益を追求すると、必ずしも合理的な選択とはならないことを端的に示している理論ですね。政治学、社会学、経済学、心理学、哲学などの幅広い分野で研究されていますよ」

「この『囚人のジレンマ』をもとに、女性神経科学者タニア・シンガー博士が、数年前にロンドン大学ユニバーシティー・カレッジの研究チームを率いて行った興味深い脳科学の実験があります」

「ほう、どんな実験ですか」

　小早川は興味深そうに夏希の顔を見た。

「二人の囚人に自白を迫って、痛みを伴う電気ショックを与えます。この状況を被験者たちに見せて脳をfMRIでスキャンします」

「どんな結果が出たんですか」

「他人が痛がるようすを見せただけで、すべての被験者が、脳内の痛みを感ずる領域が活性化しました。つまり、人は他者の痛みを自分のものとして共感する能力を持っているのです。これはミラーニューロンの作用だと言われています」

「以前教わったな。Aがある行動を取ると、見ていたBの脳内では、自分自身が同じ行動を取っているかのような電流が流れるんだったな。ものまね細胞とかいったか」

　福島一課長は記憶を確かめるような顔つきになった。

「はい、人間が社会を維持してゆくために必要な他者との相互理解を可能にしている共感性にまつわる細胞だと言われています」

「人間は社会的な動物なんだな」

「ところが、シンガー博士の実験でわかったことは、自白をした『裏切り者』の演者にさらに電気ショックが与えられたときには、それを見ていた被験者の脳内で、痛みを感ずる領域の脳内活動が鈍くなったのです、これは、『裏切り者』に対して被験者の共感が薄くなったことを意味しています」

「人は裏切り者には厳しいのだね」

「お言葉の通りです。この結果は、悪い社会的行動をとった人間に対して、被験者たちの同情が低くなったことを示しています。これにより、他者の痛みに対する関心が薄くなったわけです。つまり、わたしたちは、悪い人間が苦しむ姿に対して薄情になるということが脳科学的に確認されたのです」

「なるほどな。正義感は鈍感を生むか」

佐竹管理官はうまいことを言う。

「この実験でさらに興味深いのは男女差です」

「ほう、男女で違いがあったのかね」

福島一課長は、身を乗り出した。

「男性の被験者では、腹側線条体や側坐核など、いわゆる報酬系と呼ばれる部位が活性化しました。これは美味(おい)しいものを食べたり、お金を貰(もら)えて嬉(うれ)しいときなどに反応する脳内組織です。ところが、女性にはこの変化がほとんど見られなかったのです。男性は女性に比べて、罪人に罰を与えたがる性質を持っているようなのです」

精神科医としての臨床経験の中で、夏希は職場への不満を口にする患者をたくさん診てきた。その際に、職場に不正義がまかり通っているというような主張を繰り返すのは、おもに男性だった。

「正義漢ぶっていい気分になるのは、女より男ということか」

福島一課長は鼻から大きく息を吐いた。

「少なくともシンガー博士の実験ではそのような結果が出ています」

記憶を司る海馬の大きさの違いなど、男女の脳には物理的な差異がある。だが、この事実を直視する人は少ない。

「被疑者は社会正義を謳うことで、二件の殺人に快感を覚えているということか」

「少なくとも、罪の意識の希薄化が見られるのではないでしょうか。簡単に言うと、自分のこころを騙しているのです」

「しかし、真田さんは、被疑者の正義感自体を疑問視していたではありませんか」

小早川管理官が意地の悪い目つきで言った。

「もしかすると、ウソを吐いてそれを自分で真実だと思い込んでしまっているのかもしれません。俗に《空想虚言症》と呼ばれる疾患などにはよく見られる傾向です。詐欺師などに多いとされています」

「詐欺師はわかっていてウソを吐くんじゃないんですか？」

小早川管理官は声を尖らせた。

「もちろん、そういうケースがほとんどだと思います。ですが、自分のウソを真実と信じ込むタイプは、本人にウソを吐いている自覚がないので、相手は騙されやすくなるのです」

「わたしは所轄にいるときにそういう詐欺師を捕まえたことがある」

佐竹管理官は昔を思い出すような顔つきになった。

「七十くらいの婆さんで、寸借詐欺を重ねた常習犯だ。この婆さんは言ってることの半分はウソだ。たとえば、息子が建設現場で怪我をしたから、タクシー代を貸してくれなんて手口が多かった。泣きながら訴えるから、被害者はコロリと騙される。ところがね、そもそも結婚歴もなく息子なんていないんだ」

「ひどい婆さんですね」

小早川管理官はあきれ声を出した。

「だけど、そんな矛盾を突いてもきょとんとしてるんだな。罪悪感どころかウソを吐いているという自覚もない。息を吐くようにウソを吐いて、そのときは真実だと思い込んでいる。あとになるとウソを吐いたことも忘れちまうんだ。取調中に息子の嫁が臨月なので面倒見に帰らなきゃならないなんて泣き出すこともあった。嫁がいないのに身重のはずがないんだが、言ってるときには大まじめさ。わたしは駆け出しの刑事だったし、この婆さんにはひどくてこずったよ」

現場で多くの犯罪者と接した経験が、現在の佐竹を厳格で慎重な警察官にしているのだろう。

「そのお婆さんは典型的な《空想虚言症》の症例ですね」

夏希が答えると、福島一課長が鼻から大きく息を吐いた。

「虚言症かどうかはともあれ、犯人の正体はまだまだ霧の中だな」

福島一課長の言う通りだった。

夏希は犯人に対するデータが少しも収集できないことでさらにいらだちを覚えていた。

捜査員たちから新たな情報が得られることを切に願うほかはなかった。

窓の外遠く、青い水平線上に湧き上がった無数の入道雲が幻の城郭のように白く光っていた。

第三章　オフショア東海岸

【1】＠二〇一七年八月七日（月）昼過ぎ

真夏の太陽が照りつけている。

湘南台駅西口の目抜き通りは、道路のアスファルトも舗道のブロックタイルも溶けてしまいそうな暑さに見舞われていた。植え込みの緑もなんだか白茶けて見える。

湘南台駅は小田急江ノ島線の快速急行停車駅に加え、相鉄線いずみ野線と横浜市営地下鉄ブルーラインの始発着駅というターミナル駅である。

加藤清文巡査部長は、西口駅前のファミリーレストランで人を待っていた。

第一の事件の被害者、戸田勝利の一人娘がまもなく現れるはずであった。

戸田の遺族からの鑑取りはほかの班が当たっていた。あらためて遺族の話を聞きたくて、加藤は夫人に電話を入れた。

だが、体調が悪くて会いたくないと言う。たしかに電話の向こうの夫人は息をするのも苦しそうな声音で、事情聴取の無理強いはよい結果を生まないと判断した。

代わりに娘の愛梨に会わせて貰うことを頼み込み、携帯の番号を教えてもらった。

愛梨は慶應義塾大学総合政策学部の二年生で、湘南台駅の西にある湘南藤沢キャンパスに通学していた。講義が終わっての帰り道にこのファミレスで会うことを約束したのであった。

数人の男女が一階のエントランスから続く階段を上がってきた。

一団は加藤の座るテーブル席に近づいて来て、取り囲むようなかたちで立った。

「カトチョウ、戸田愛梨さんです」

先頭で弱り顔を見せているのは、石田三夫巡査長だった。

石田を取り囲むように四人の若い女性が立っている。

どの顔もなぜか険しい。

「おい、石田。どちらが戸田さんなんだ？」

戸田愛梨が四人もいるわけがない。

「それがそのぉ……」

石田が言いよどんだ瞬間、いちばん背の高い赤いTシャツを着た女が、激しい声を出した。

「警察手帳を見せて」

顔立ちは整っているが、目線はきつい。

「あなたが戸田さん？」

「そんなことより、本物の刑事かどうか証明してよ」

背の高い女は切り口上で詰め寄った。

立ち上がった加藤は女の前に歩み寄って、内ポケットから警察手帳を取り出すと、証明部分を開いて提示した。

「ほら、これ。江の島署の加藤清文と言います」

加藤は内心でムカムカしつつも丁寧に名乗った。

「それじゃあ確認できないよ。さっき、こっちの人もそんな風にしか見せなかったから信用できなかったんじゃない」

背の高い女は、掌（てのひら）を差し出して警察手帳を渡すようにという仕草を見せた。

提示はむろん必要だが、手帳を奪われる恐れがあるので、相手に渡すわけにはいかない。

「これでいいか」

加藤は腹立ち紛れに女の顔の前、二十センチくらいのところに突き出した。

「何するのよ」

「ゆっくりご確認下さい」

加藤はわざと丁寧な口調で言った。

背の高い女は加藤を睨（にら）みつけた後で、手帳に記載されている階級、姓名を凝視した。

「……一応、本物みたいだね」

女はまわりの女性たちを見まわしながら、かるくうなずいた。

「気が済んだか」

加藤は手帳を内ポケットにしまって言葉を継いだ。

「戸田さんはどの方？」

「わたしです……」

四人の左隅に立っていた小柄で痩せぎすの女性が一歩進み出た。

薄青のデニム生地のような半袖シャツに白いズボンを穿いている。ファッションには疎い加藤にもさわやかな出で立ちに感じられた。

目の大きい愛くるしい顔立ちで、おとなしそうに見えた。

少なくとも高飛車な背の高い女よりは扱いやすそうである。

「あ……どうも。ご足労頂いて……」

「いえ……」

戸田愛梨はうつむいた。

ほかの三人は相変わらず、加藤の座るテーブル席を取り囲んだままである。

「戸田さん以外の人は、このテーブルから離れて下さい」

「愛梨が嫌な目に遭わないかここで見てるから」

「困るんだよ。戸田さんからお話を伺う間は、離れてくれ」

「ホンモノってわかったけど、警察は信用できないから」

口を尖らせた。

「あんたら活動家かなんか?」

「活動家ってなんのこと?」

背の高い女はぽかんとした顔で訊いた。言葉の意味が本当に理解できていないようである。

「どっちでもいい。この場から離れないなら、公務執行妨害で逮捕するぞ」

加藤が脅しつけると、背の高い女ははっきりと聞こえるように舌打ちした。

「しょうがないな。愛梨、なんか怖いことがあったら、いつでも呼んでね。あたしたち下にいるから」

「うん……」

愛梨はばつが悪そうにうなずいた。

三人の女たちはテーブル席から離れると、ぞろぞろと階段を下りていった。

対面に座るように椅子を掌で指し示してから、加藤はあえて明るい声を出した。

「ああ、びっくりした。お友だち、強いね」

「すみません。警察の人のふりした不審者かもしれないって心配してくれて」

しっかりした発声で視線もきちんと加藤を捉えている。

十九歳という年齢よりは幼く見えるが、父を喪った直後にもかかわらず精神的には落ち着いているようだ。意外と意志が強い女性なのかもしれない。

「そうだろうとは思ってましたけどねぇ。まいったね。同級生とか？」

「あの……サークルの先輩と同級生なんです」

「マルクス主義研究会なんてサークル？」

加藤は公安関係の部署に所属したことはないので、左翼活動のことはあまり知らない。

「いいえ、アントルメ研究会です」

「アントルメなんて思想家知らないな」

「はぁ……」

愛梨は戸惑うようにきれいな眉を寄せた。

「カトチョウ、スイーツですよ。フランス料理の」

石田があきれ声を出した。

「スイーツって言うと甘いもんか。ケーキとかパフェとか……」

「ええ、アントルメ・ド・パティスリーの美味しいお店を廻ってレポするサークルなんです」

愛梨はわずかに明るい声を出した。

「パティスリー……」

これまた加藤には耳に馴染みのない言葉だった。

「あのね、アントルメ・ド・パティスリーってのはパティシエ、つまり菓子職人が作るスイーツで、アントルメ・ド・キュイジーヌってのは料理人が作るスイーツですよ」

得意顔で石田が説明した。

「石田、やたら詳しいな」

「甘い物好きの女子とデートしてたらこれくらい覚えますよ」

「おまえ、見栄張ってないか」

「ぜんぜん」

ぶんぶんと石田は首を横に振った。

愛梨は唇に手を当ててすっと笑った。

少しでも心を開いてくれてよかった。

「とにかく……グルメサークルってわけか」

「そうですね。まぁ、美味しいお菓子を食べに行く会です」

「そんなのサークル作ってまでやらなくてもよさそうだけど……」

石田が大きく咳払いした。

「カトチョウ、本題に入りましょうよ」

「ああ、このたびは本当にとんだことで……お悲しみのことと存じます」

加藤が頭を下げると、石田もこれに倣った。

愛梨の顔が急に翳った。

「はい……ありがとうございます。お通夜は明後日なんです」

大きな瞳が一瞬、潤んだが、涙はこぼれ落ちなかった。

「こんな時に講義で大変ですね」

「今日は前期試験の追試がある日だったんで……仕方なくて」

　愛梨も友人たちもあまり勉強熱心ではないらしい。

「すみませんねぇ。お忙しいのに」

「いえ、どうせ帰り道ですから」

「お父さんの交友関係のことを伺いたいんですよ。最近、会ったお友だちとかをご存じじゃありませんか」

「あの……父のお友だちのことはよく知りません」

　愛梨の顔に戸惑いの表情が現れた。たしかに父親と大学生の娘の会話というのは少ない家庭が多いだろう。

「申し訳ない。本当はお母さんに伺うべきところなんですよね……」

「母は昨夜から寝込んでしまって……」

「それで愛梨さんをご紹介頂いたんです。まぁ、またあらためてお母さんにはお話を伺おうと思っています」

　愛梨の表情はさらに暗くなった。

「しばらくは難しいと思います。お通夜もちゃんと出られないかもしれないんです」

「わかりました。決して無理には伺いません。お約束します」

「ありがとうございます。どうかよろしくお願いします」

「ご心配なく……なんでもいいですから。お父さんのお友だちについて知っていることをお話し頂けませんか」

「はい……あまり詳しいことは知らないんですけど」

愛梨が話したことは、すでに戸田が経営していたエディアカランの関係者から聴取済みの内容と重なっていた。大きな収穫はないと言ってよかった。

十五分ほど経った頃、思い立って訊いてみた。

「そうそう、最近、お父さん、湘南地区……つまり藤沢とか鎌倉とか茅ヶ崎、逗子、葉山あたりに出かけませんでしたか」

「そういえば……」

愛梨がちょっと天井を見上げた。

「何か思い出しましたか」

期待を込めつつ加藤は訊いた。

「父が学生時代に仲のよかったお友だちが茅ヶ崎に住んでいて、一緒に地元のイタリアンに行ったって言ってました」

「本当ですか！」

「ええ……とっても美味しいお店なんで、今度わたしと母を連れてくって言ってて……」

愛梨は涙声になって喉を詰まらせた。

「お店の名前はわかりますか」

「ごめんなさい。覚えてません」

「なにかお店の特徴になるような……外観でもいいですけれど、覚えてませんか」

「海に近いお店で、赤坂の料亭で板前をしていた人がイタリアに渡って修業してシェフになったそうで……イタリアと和食のいいとこ取りのお料理も出すとかで……」

「それは珍しいお店ですね。探せるかもしれません。いつのことかわかりますか」

「ちょっと待って下さい……」

愛梨は花柄のディパックのジッパーを開けると、手帳を取り出した。

若い女性らしい花柄を散らした薄青の布地カバーで『Cath Kidston』という赤い文字が見える。こういう手帳が流行っているのかと、加藤は興味を持ってカバーを見た。

「えーと、六月二日の話ですね」

「よく記録してありますね」

「この金曜日、友だちのフルートの発表会があったんです。帰ってきたときに居間でご機嫌に酔っ払っていた父と話したんで記憶に残っているんです」

そのときのことを思い出したのか、愛梨の眉が震えた。

「おい、いままでその話、出てきてないな。鑑取りしてたヤツら何してたんだ」

石田を振り返る加藤の声は激しいものとなってしまった。

「俺に言わないで下さいよ」

石田は不満げに口を尖らせた。

「あのう……いま思い出したんです……だから、前に来た刑事さんにも言わなかったんですけど」

戸惑いがちに愛梨は言葉を添えた。

「あっ……ごめんなさいねぇ。お嬢さんのお話、大収穫なんですよ。捜査が進むかもしれない」

加藤は手を合わせて拝むそぶりを見せた。

ちょっと居住まいを正すと、愛梨は加藤の目を真っ直ぐに見つめた。

「刑事さん、犯人を捕まえて下さい」

「きっと捕まえてみせます」

「とっても温かくていい父だったんです。それなのに……」

喉を詰まらせる愛梨の両眼から透明な涙があふれ出して頰を濡らした。

「待っていて下さい。犯人を許せない気持ちはわたしだって同じです。必ず、朗報をお伝えします」

「はい、お待ちしています」

愛梨の瞳には強い光が宿っていた。

十分後、加藤たちは、湘南台駅西口交番前の狭いスペースに無理やり乗り入れた覆面パトカーに戻っていた。

石田はスマホで戸田勝利が六月二日に行ったという茅ヶ崎のイタリアンレストランを検索している。

「あんないたいけな女の子を脅しちゃって……あとで訴えられても知りませんよ」

画面を覗き込みつつ、石田がからかい声を出した。

「俺がいつ脅したっていうんだ」

「だって泣かしたじゃないですか」

「馬鹿言うな。あれは親父への思いが募っただけだろ」

「いや、加藤さんが睨むから泣いたんですよ」

石田の軽口は、捜査の糸口が見えた昂揚感から出ている。

「俺はあの娘を脅すようなことは何も言ってないんだ」

加藤は石田以上に昂揚していた。

刑事は獲物の匂いを嗅ぎつけたときに興奮する。

「刑法第二二二条第一項。生命、身体、自由、名誉又は財産に対し害を加える旨を告知して人を脅迫した者は、二年以下の懲役又は三十万円以下の罰金に処する。いわゆる『害悪の告知』ですが、これは明示ではなく黙示でも足りるとするのが通説です。カトチョウはあの娘を、その怖い顔で脅してたじゃないですか」

石田はスマホをいじりながら、にやっと笑った。

害悪の告知には「客観的に恐怖を感じさせること」と「加害者の関与によって引き起

こされると感じさせること」が必要であって、むろん、加藤の愛梨への尋問には害悪の告知は存在しない。石田は単に冗談を言っているだけだ。

「おまえ……巡査部長試験の勉強してるのか」

「まぁ。いつまでもカトチョウと組まされるのヤですからね」

石田は声を立てて笑った。

「こいつ、俺より早く出世するつもりだな」

「つーか、カトチョウ、出世しようなんて思ったことあるんですか」

「あるさ、俺だって、椅子に座ってふんぞり返ってられる管理職がラクだと思ってるさ。だから、いつも上見て仕事してるじゃないか」

「ぜんぜん、説得力ないですよ。日頃の行動からして……あ、出ましたよ。海に近いイタリアンレストランで、シェフが和の料理人だった店」

「おお、見つかったか！」

「茅ヶ崎の東海岸南にある『ポルトフィーノ』って店ですよ」

石田は早くもカーナビに住所を入力している。

「よしっ、すぐに行くぞ」

「りょーかいっ」

ポケットにスマホをしまうと、石田はイグニッションを回した。

加藤たちを乗せた覆面パトカーは、道路へ出て西へと進み始めた。

「しかし、あの背の高い女には驚いたな。俺たちをはなから不審者扱いだ」

「しょうがないですよ。いまの若い子は小さい頃から『いかのおすし』で育ってますから」

「防犯標語か……」

「全国の小学校でくどいほど教えてますからね。知らない人にはついて『いか』ない。知らない人のクルマには『の』らない。危ないと思ったら『お』おきな声を出す。その場から『す』ぐ逃げる。大人の人に『し』らせる……」

「おまえ、よく覚えてるな」

「俺、初任の頃、地域課勤務で近くの小学校へよく行ってましたから。平成十六年に警視庁と東京都教育庁が考え出したんですよ。この標語」

「なるほど、センスが悪いわけだ……それにしても聞き込みも、年々やりにくくなってきたな」

「警察に対する世の中の目が厳しくなってますからね。まぁ、割食うのはいつだって俺たち下っ端ですよ」

「まぁ……おまえは早くエラくなって、こんな目に遭わないようにするんだな」

「もちろんですよ。退職まで万年デカチョウなんてごめんですからね」

「それ、俺のこと言ってないか」

「別に……三十分で着きますよ」

石田は涼しい顔でハンドルを握っている。

「そうだ。店に連絡入れとかなきゃな。まさかさっきみたいな歓迎ぶりはないだろう」

喉の奥で石田は笑った。

【2】＠二〇一七年八月七日（月）午後

いちばん暑い三時半過ぎに、加藤たちの乗った覆面パトカーは、海岸近くにある「ポルトフィーノ」の駐車場に入った。

茅ヶ崎駅の南口から続く雄三（ゆうぞう）通りという変わった名前の市道が国道一三四号線に出る手前に、「ポルトフィーノ」は位置していた。

上原謙（うえはらけん）・加山（かやま）雄三父子が住んでいた邸宅があったことから名づけられた通りだという。

店は三階建ての木造建築で、ニス塗りの壁を持つ南欧風の作りだった。黒松林を隔てて国道一三四号線が東西に延び、その向こうは海だった。

ピンク色のバラの花で飾られたアーチをくぐり、エントランスの三段の石段を上って店内に入る。

五十人ほどが入れる店内は、漆喰（しっくい）壁や、黒々とニスの光る床、座り心地のよさそうな木製の椅子が目立つ。シンプルなインテリアながらも高級店の雰囲気を持っていた。

人の姿はなく、静まりかえっている。ランチの後の閉店時間なのだろう。

「警察の方ですね」

事前に連絡をしていたためか、すぐにコックコート姿の四十歳くらいの男が現れた。

「神奈川県警江の島署の加藤と申します」

「石田です」

加藤と石田がそろって警察手帳を見せると、男はいささか引きつった笑いを浮かべた。

「ご苦労さまです。当店の店長をしております朽木です」

当然ながら、確認するから手帳を渡せなどとは言わなかった。

引き締まった顔つきに、あごひげがよく似合っていて、いかにもクリエイティブな職業人という雰囲気である。

「あなたが板前さんからイタリア料理の修業をなさったという」

「はい。さようでございます……ところで、本日はどのようなことをお調べになりにお見えですか」

朽木店長はけげんな顔で尋ねた。

参考人を訪ねるときのクセで、加藤は来訪の目的を事前に詳しく伝えることはない。

「実は、六月二日にディナーを食べに来たお客のことで聞きに来たんですよ」

なぜか朽木はオドオドした表情に変わった。

「あの……もしかすると……いまテレビなんかで騒ぎになっている事件のことでしょうか」

「どうしてそう思うのですか」

「実は、昨日江の島で殺された方と、さっきテレビで視たんですけど、今日、辻堂海浜公園で発見された方が一緒にお見えだったんです」

「えっ!」

朽木の言葉に、加藤は頭の後ろを殴られたような痛みを覚えた。

たとえではなく、後頭部がズキンと痛むのである。時々出る症状だ。

おそらく、首の筋肉が緊張したときの衝撃が後頭部に伝わるのだろう。

「すみません、もう一度言って下さい」

「昨日と今日、亡くなられたお二人、戸田さまと筒井さまが、一緒に食事にお見えだったんです。さっき、加藤さんからお電話頂いてから予約名簿を確認しましたが、たしかに六月二日に筒井さまのお名前で予約が入っていました」

「それはありがたい!」

胸の奥からこみ上げてくる期待感に、加藤はその場でステップを踏みたくなった。もちろんダンスなどは習ったことがないが……。

「これ……警察の方に言わなきゃならなかったんですよね。電話しようかどうか迷っていまして……」

朽木は眉根を寄せて不安げに尋ねた。

「いや、いま言って頂いたんで、まったく問題ないです」

加藤があえてのんきな調子で答えると、朽木はほっとしたように目元をゆるめた。

「よかった……隠しごとをするつもりじゃなかったんですが、ついさっきランチが終わってニュースを見たら、筒井さまのお名前とお顔がテレビに出たので、それはもう驚きまして」

「戸田さんと筒井さんはつながってたんですね。やっぱり……」

後ろに立っている石田も声をかすれさせている。

「六月二日に来た客は、間違いなく、戸田勝利さんと筒井定司さんなんですね」

「はい……テレビでお顔が報道されていた戸田さまと筒井さまのお二人です。とくに印象に残るお客さまだったので、よく覚えています」

「印象に残る……どんな点がですか」

「お料理を大変気に入って頂けて嬉しかったのですが……戸田さまが『娘に食わせたいんだ』と、お料理をお持ち帰りになりたいとおっしゃって……。うちでは衛生面への配慮からテイクアウトはしていませんのでお断りしましたが、ちょっとご機嫌を損ねられまして」

「暴れたりしたわけですか」

「いいえ、ただ、酔っ払っていらっしゃったのでちょっと大きなお声で、ほかのお客さまのご迷惑になりましたので……」

「そういうときは、ご遠慮なく一一〇番して下さい」

「はぁ……でも、一緒にいらっしゃったお客さまが止めて下さって、その場は収まりましたので」

「筒井さんですね」

「いえ、もうお一人ご一緒でした」

「なんですって！　戸田さんと筒井さん以外にも同行者がいたんですか」

「ええ、お二人と同じくらい……五十前後の男性でした」

「その男の名前はわかりませんかっ」

つかみ掛からんばかりの調子で訊(き)いたので、朽木は一歩後ずさりして答えた。

「何度かうちにはお見えなんですが、ご予約なさらない方なのでお名前までは……」

「くそっ」

自分の歯嚙(はが)みの音が聞こえるような気がした。

「申し訳ありません……」

「いえ、店長のせいじゃありませんよ」

無理に作り笑いを浮かべたときである。

「それ……たぶん、滝川(たきがわ)って男ですよ」

隅のほうから低い声が響いた。

店内にはほかにも人がいたのだ。

この店に入るなり、尋問となってしまったのでうっかりしていた。

少なくとも、さっきまでは店内に人影はなかった。

閉店時間に店の奥から出てきたからには、ただの客ではないようである。

だが、怪我の功名である。

「あなたは？」

いくぶん舌をもつれさせながら、加藤は訊いた。

「浅野と言います。ここのオーナーと友だちでね。これから一緒に釣りに出かけるんですよ」

浅野と名乗った男は背が高く筋肉質だった。

会社員風というのか特徴の少ない顔つきをしている。白いポロシャツにゴルフズボンのような紺色のスラックスを穿いていた。

「それで、戸田さん、筒井さんと一緒にいたのは滝川という人なんですね」

加藤は気負い込んだ。

「ええ、わたしの釣り仲間の一人でしてね。戸田さんの話は聞いていました。なんでも、イベントの会社の社長さんで有名な人だとかで……」

浅野は四角い顔に人のよさそうな笑みを浮かべた。

「昨日、江の島で他殺体で発見されました」

「その話をしていたところだったんですよ。この店のオーナーが日曜日に江の島にボートに乗りに行ったら、たまたま現場に居合わせたって」

一転して浅野は恐ろしそうな表情に変わって肩をすぼめた。

「オーナーはどなたなんですか」

「この店のオーナーの小西です」

加藤が尋ねるのに呼応するかのように、背の高い真っ黒に日焼けした男が姿をあらわした。青系のマドラスチェックのシャツに白いスラックスを穿いて片手に茶色いボストンバッグを提げている。

「あっ」

石田が素っ頓狂な声を出した。

「えっ」

小西も驚きの声を上げた。

「真田先輩とデートしてた男ですよ」

石田がこっそり耳打ちした。

「そうか、あのときタクシーに乗っていた……」

加藤がつぶやくと、小西は白い歯を見せて親しげに笑った。

「刑事さんたちとは、江の島でお会いしましたね」

「まさかここでお目にかかるとは……わたしは江の島署の加藤と言います。戸田勝利さんと筒井定司さんの事件について捜査しています。お二人に話の続きを伺いたいのです。六月二日に戸田さん、筒井さんと一緒にこのお店に来ていた人物のことです」

「まぁ、立ち話もなんですから……」

小西の誘いで、朽木を除く四人がひとつのテーブルを囲んで座った。

「コーヒーを淹れてきます」

朽木は一礼して去った。

「滝川という男をご存じなのですね」

加藤の問いに、浅野は生真面目な顔で答えた。

「滝川一義という男で、横浜でウェディングプランニングの会社を経営しているはずです。わたしとは茅ヶ崎漁港の釣り場で知り合ったんですが、趣味が同じなので、何度か一緒に釣りしています。そのときに聞いた話では、戸田さんや筒井さんとは学生時代のサークル仲間だということでした」

「ほう、三人はサークル仲間ですか」

鉱脈を掘り当てた！　加藤の胸は高鳴った。

「学生時代のつながりだったのか！」

石田も小さく叫んだ。

香ばしい匂いが漂って、朽木が銀盆にコーヒーを載せて運んできた。

「どんなサークルかわかりますか？」

「なんでもイベント関係のサークルとか言っていましたが、詳しくは知りません。ただ、ずいぶんと派手にやっていたと言ってましたね。同じ世代ですからわかりますが、わたしらが学生時代はバブル絶頂でしたから」

浅野は小さく笑った。

「そのほかに何かご存じのことがありませんか」

「一昨日(おととい)のことだったかな。また、釣りに行こうと何度か電話したんですが、連絡が取れなくてね」

「連絡が取れないってのはよくあることなんですか」

「いや、そんなに電話しませんから……たまたま誰かと釣りに行きたくなったから滝川に電話したんですよ」

「滝川一義さんの人物像って言うか……どんな性格ですか」

「おとなしい男ですよ……たまに感情的になりますが、そんなのわたしだって同じだ。会社を切り盛りしてるくらいですから、なかなか目端の利く人間だと思いますね」

ゆったりとした調子で浅野は答えると、コーヒーに口をつけた。

「釣り仲間だったんですね。ほかに趣味などとか、なにか聞いていませんか」

ちょっと考えるそぶりを見せたが、浅野は首を横に振った。

「釣り場で会うだけの仲でしたからね……ほかにはとくに……」

これ以上質問を重ねても、何も聞き出せないようだ。

「小西さんは、戸田さん、筒井さん、滝川さんの三人について、なにか記憶に残っていることはありませんか」

「いいえ……ただ、筒井さんという方は何度か見えていたようですので、さっきのテレビを見て、それはそれは驚きました。まして辻堂ですからね」

　小西の言葉にかぶせるように、朽木が補足した。

「オーナーはここではなく、稲村ヶ崎のお店にいるほうが多いんで……」

「ほかにもお店をお持ちなんですか」

　加藤の問いに小西は胸を張って答えた。

「稲村ヶ崎と七里ヶ浜に無国籍料理のお店を、片瀬山にピザハウス、辻堂のショッピングモールにパスタ店を経営しています。ここがいちばん新しくて今年の春にオープンしました」

「小西さんは大変な事業家なんですな」

「いいえ、もともと親父が稲村ヶ崎でやっていたレストランを引き継いだので……」

　小西は謙遜するが、これだけ事業を拡大しているのだから、経営手腕はあるのだろう。

「では、小西さんは、ほかには何も？」

「はい、知っていることはありません」

「では、小西さんと浅野さん、また伺いたいことがあるかも知れませんので、ご連絡先を教えて下さい」

　小西はにこやかに笑って名刺を差し出した。

　株式会社「ルチア」代表取締役とあり、裏側に経営する五店舗の名前が印刷してあった。

浅野は戸惑いの表情を見せた。

「これから釣りに行くんで、名刺は持ってきてないのですが……」

「では、こちらに書いて下さい」

加藤は手帳とボールペンを差し出した。

「今日から三日間、浅野さんと一緒に船釣りに出るんです。僕の船でね」

「そいつは優雅ですね」

「浅野さんは、僕のもとの職場の先輩なんですけど、先日、ここのオープン祝いって言うんで、すごくいいイタリアワインを持って来てくれましてね。ちょっとしたお礼ってわけです。江の島のハーバーから伊豆方面に船出する予定なんですよ」

大きい船での三日間の釣り、金持ちでなければ味わえない贅沢だ。小西は三十代の終わりくらいだが、ボンボンというのか、苦労なく育った雰囲気を漂わせていた。

「ところで、念のために伺いますが、滝川一義さんのお住まいはご存じないですか？」

加藤が念押しすると、浅野は何気なく答えた。

「すぐ近くですよ。ここからクルマで五分くらい」

「早く言って下さい。住所知ってますか？」

「うーんと、住所ねぇ……ちょっと待って下さい」

浅野はスマホを取り出して、操作し始めた。

「あ、あった。東海岸南七丁目十の五です」

加藤はあわててメモをとった。

「貴重なお時間をありがとうございました。よい船旅を」

「お役に立てたならよかったです」

小西が代表して頭を下げた。

「おい、石田。行くぞ」

「了解」

加藤と石田は「ポルトフィーノ」を飛び出した。

覆面パトカーに乗り込むと、石田が手際よくカーナビに住所をセットする。

「こりゃ、本当に近い。マジで五分ですよ」

エンジンの音も軽やかに、クルマは国道一三四号線を東へ進んだ。

白い壁と赤いレンガ屋根が洒落(しゃれ)た南欧風の大型マンションの建つ交差点から市街地に入ると、すぐに目的地に着いた。

狭い通りの左右は閑静な住宅地で、右手のゴルフ場の森が一部拓かれて七軒の新しい建物が並んでいた。どの家も異なった造りで、それぞれ百坪近い敷地を持っている。七軒の庭木と元々の松林が豊かで、レンガタイルの道に涼しげな緑陰を作っている。

真ん中あたりには小さな噴水まで作られていた。

「おい、滝川って男は相当金持ちらしいな」

「ですねぇ……あ、あれですよ」

石田がカーナビの画面と、フロントグラスの外の景色を引き比べて、一軒の片流れ屋根の家を指さした。

全体が茶色い羽目板で作られているデザイナーズハウスっぽい豪邸だった。

石田はできるだけ路肩に寄せてクルマを停めた。加藤は石田の後に続いて右側のドアから外に出た。

木々の間からさわやかな風が吹き抜けてゆく。

三段ほどの木の階段を上り、加藤たちは一枚板の玄関の扉の前に立った。

扉脇にはたしかに「K.TAKIGAWA」という真鍮のプレートが打ち付けてあった。

何度か呼び鈴を鳴らすが、応答はなかった。

「仕事に出ている時間だよなぁ」

「ま、そうっすね。場所、確認できただけでもいいじゃないっすか。後でまた来ましょうよ」

「ああ、どうせ管内だからな」

そんな会話を続けていると、とがめだてするような声が響いた。

「あんたたち、そこで何しているんだ」

振り返ると、小柄な七十過ぎくらいの髪の毛の真っ白な老人が立っている。藍染めの作務衣を身につけている姿は画家や陶芸家といった雰囲気だ。

「その家に何の用があるんだ」

茶色いセルのメガネの奥から、鋭い眼光で老人は加藤たちを睨みつけた。

「あ、すみません。ご近所の方ですか」

居丈高な口調にムッときたが、加藤はつとめてやわらかく訊いた。

「隣の家の者だけどね。滝川さんとこに何の用だ」

「いや、ちょっとお聞きしたいことがあってね」

「あんたらどこの人よ？」

仕方ない。加藤は警察手帳を顔の前に掲げた。

「江の島署の者です」

ひるむかと思いきや、老人はますます疑わしげにジロジロと加藤の顔を見た。

「……滝川さんなら、先月の終わり頃から帰ってないよ。行方不明なんだよ」

「本当ですか」

加藤は頭の後ろを殴られたような錯覚を覚えた。今日、二度目だ。

「捜索願ってのも出してあるはずだ。警察が知らないなんておかしいじゃないか」

老人はますます疑わしげな目で加藤を見た。

「ここ江の島署の管轄でしょ。なんで知らないんですか」

石田が耳打ちした。

「地域課の案件を全部覚えてられるかよ。それに俺が異動してくる前の話だ」

加藤は小声で答えた。

「怪しいな。最近、市内で空き巣が流行ってるって、署長も言ってたからな」

空き巣扱いされたのではかなわない。

「はぁ……堀をご存じですか」

「署長を知ってるのか」

「ええ……いちおう上司なもんで」

「わたしゃね、地区の防犯指導員をしてるんだ。連絡協議会なんぞで署長とはよく会うんだが、どんな感じの人だか知ってるか」

「身長百七十センチ、白髪頭で目が小さく、腹が出ている……すみませんねぇ、ご主人。わたし、本当に江の島署員なんですよ」

「ふーん。信じてやろう。で、何の用かね」

老人はようやく話を聞く気になったようだ。

「滝川さん、どんな人なんです？」

「近所づきあいのほとんどない人だったね。独り者だったし」

「こんな広い家に一人で住んでたんですか」

「ああ……会社を経営してるって話だったが、出かけていく時間も帰ってくる時間もまちまちでね。地域の行事にはまったく出て来なかったよ」

「とくに変わった行動などはありませんでしたか」

「まぁ、大きな音を出したりすることもなかったし、ゴミはきちんと捨てていたし、迷惑な人ってわけじゃなかった」

「それが急にいなくなったんですね」

「そうなんだ……先月の終わり頃、七月の二十五日頃だね。二十三日の日曜日に奥に住んでる婆さんが犬の散歩のときにあいさつしてるって言うから」

「いなくなった日ははっきりしないんですね」

「なにせ独り者だろ。誰も気づかなかったんだよ。何日かしてから会社の人が心配して様子を見に来て騒ぎになったんだよ」

「クルマはそのままみたいですね」

派手なイタリアンレッドに塗られた車高の低い高級スポーツカーが車庫に入っていた。

「警察の調べでは、自転車がなくなってるらしい。あんた知らないのか」

また、そっちへ話を持ってゆかれても困る。

「いや、わたしはその係じゃないんで……」

「いままでも時々ふらりといなくなっていたらしいが、今回は何日間も連絡が途絶えたそうだ。それで、この住宅地の管理会社が鍵を開けて、警察が部屋に入ったんだが……」

「とくに異常なことは何もなかったんですよね」

「なんだ、知ってるじゃないか」

「ええ……まぁ」

血まみれの凶器でも出てきたら、地域課の事案でなくなり刑事課の仕事となる。加藤はとっくにこの住宅地に捜査に来ているはずだ。

「別に部屋が荒らされたようすもなかった。いったいあの男はどこへ行ったんだろう」

老人は腕を組んで嘆息した。

「ありがとうございました。助かりました」

これ以上の有益な情報は得られそうにない。加藤は退散することにした。

「ああ、おかしな事件が起きないようにパトロールを強化してくれって署長に言っといてくれ。東海岸南七丁目の古田が言ってたってな」

「わかりました。お伝えしますー」

叫びながらさっと覆面パトカーに乗り込む。

「とりあえず署に戻るぞ」

「戻ってどうするんですか」

エンジンが始動した。振り返ると、老人は腕組みして加藤たちを見ている。

「あたりまえだろ。滝川一義の失踪に関する捜査記録に当たるんだ」

「あ……なるほど。行方不明ってどういうことですかね」

石田はクルマを通りに乗り入れて訊いた。

「二つの可能性が考えられるな。ひとつは、滝川も事件に巻き込まれたということだ」

「三人目の被害者ですか」

加藤はうなずいて言葉を続けた。

「もうひとつは滝川が本ボシというセンだ」

「え、どういうことですか」

「あの住宅地は老人の居住者が多そうだ。いまの爺さんみたいに、ちょっとしたことで出てくる人間が住んでいる。犬を散歩してたという婆さんもそうだ」

「滝川に最後に会ったという人物ですね」

「ああ、要するに年寄りたちは暇があって防犯意識が高い。あの小さな王国を守ろうとして日々躍起になっている。だから、滝川がいろいろな工作をすれば、住宅地からの出入りもいちいち監視される」

「なるほど……後で調べられたときに、じじばばの証言と照合すれば、挙動が一発でわかってしまうというわけですか」

「そうだ。どこかにアパートなんぞを借りてアジトを作って、今回の連続殺人の準備をしていた可能性もある。さらに、会社の連中の目をくらますために身を隠す必要もあった。俺はこの筋読みも考えるべきだと思う」

「どっちのセンにしても、今回の事件と滝川はからんでますね」

ステアリングを握る石田の声が大きく弾んだ。

「そう考えないヤツは、刑事を辞めたほうがいい」

「どっちにしても、糸口もつかめなかった今回の事案に光が射してきましたね。やっぱり、カトチョウは違うなぁ」

「おまえそれだけ世辞がうまければ出世するぞ」

加藤は鼻で笑った。

「お世辞なんかじゃないっすよぉ」

石田はわざとらしく口をとがらせた。

「いいから早く署に戻るぞ……安全運転でいけよ」

車窓右手に時おり見える水平線上に灰色の雲が流れていた。

【3】@二〇一七年八月七日（月）午後

午後七時頃になって、加藤と石田が会議室に戻ってきた。

何かつかんだらしい。夏希は期待に胸が高鳴った。

加藤は珍しく頰を紅潮させていた。

だが、一呼吸置くと、加藤はつまらなそうな顔つきに変わって口を開いた。

「戸田勝利と筒井定司は学生時代の友人です」

「戸田と筒井はつながってたのか！」

福島一課長の声が会議室に反響した。

「さらにもう一人、重要参考人と思料できる人物が浮上しました」

「なんだって！」

佐竹管理官も叫び声を上げた。

「滝川一義という茅ヶ崎市在住の男がいます。三人は一九九〇年頃に東京の私大生たちで作っていた《イベント・クィーン》というイベントサークルの仲間だったということです」

その場にいた捜査員たちがいっせいに加藤に注目するのが感じられた。

「滝川の所在は……わかるんですか」

小早川管理官の声も震えていた。

「それが、先月の二十五日から行方をくらませているんですよ」

加藤は淡々とした口調で続けた。

「行方不明ってのは間違いないんだな」

福島一課長は気負い込んで尋ねた。

「滝川一義は横浜市内でウェディングプランニングの会社を経営していたのですが、家族がいません。それで事業後継者と言うことで、その会社の取締役の男性から本署に三十日付で行方不明届が提出されています。いま、下の地域課で滝川一義に関する捜査資料で裏をとりました」

「地域課では刑事事件とは考えなかったんでしょうか」

夏希は不思議に思った。一人の人間がいなくなって十日も経つのに、警察では騒ぎにならないのか。

「この六月に出た警察庁の『平成二十八年における行方不明者の状況』によれば、昨年一年間に届出を受理した行方不明者は八四八五〇人で、所在確認数は八三八六五人。つまり、全国で去年行方不明になった人のうち九八五人は依然見つかっていないんですね。失踪理由は、疾病関係、家庭関係、事業・職業関係、学業関係、異性関係、犯罪関係の順番。疾病が二一八五二人、家庭関係が一六一四二人に対して犯罪はわずか五八〇人……これじゃあ、届出だけで刑事事件と考えるのは無理ですね」

小早川がPCを覗き込みながら説明した。

「そんなに多いとは知りませんでした」

たしかに件数が多すぎるし、認知症や家庭不和などが中心である。行方不明届を受理したからと言って、それだけで大がかりな捜査などはできるはずもない。

素人の夏希に話の腰を折られたからか、加藤は不快そうに眉をひそめて咳払いした。

「加藤が前に言ってた被害者同士のつながりのセンだな」

福島一課長の言葉に、加藤は表情をゆるめて頬をふくらませた。

「こいつは臭いでしょう。滝川はこの十日ばかり、連続殺人のための準備をしていた可能性があります。どこかにアパートなんかを借りてアジトとし、防犯カメラの死角をチェックしたり、犯行現場の下見をしたりするにはちょうどいい日数ですよ」

「おおいにあり得る話だ」

福島一課長は大きくうなずいた。

佐竹管理官も表情を輝かせた。

捜査に、一筋の光明が差したと言ってよい。

捜査員一同の気持ちが昂揚して、部屋の温度が上がってきたように思えた。

いままで、なんの手がかりもなかった犯人像に迫っているかもしれないのだ。

やはり加藤の情熱は大きな成果を生み出している。

夏希の鼓動も高まっていた。

「おい、加藤。滝川一義の漢字、わかるか」

佐竹管理官が加藤に歩み寄った。

「これです」

加藤は一枚のメモを渡した。佐竹はＰＣに向った。

「前歴者データベースと照合しました。茅ヶ崎市在住の滝川一義という五十一歳の男性がスピード違反で罰金刑を受けている前歴がヒットしました。が、この男にほかに犯歴はないですね」

佐竹管理官は仕事が素早い。これで滝川が実在することと住所や生年月日が判明する。

「たしかに滝川が被疑者だという可能性はありますね」

小早川管理官は身を乗り出して声を弾ませた。

「が、一方で事件に巻き込まれた可能性もある。つまり、滝川も被害者という可能性が捨て切れんな」

佐竹管理官は気難しげに腕を組んだ。

「とは言え、いまのところ、被疑者と考えるにいちばんふさわしい人物だ」

福島一課長は鼻から息を吐いた。

「滝川一義の逮捕令状を請求しますか」

佐竹管理官の問いかけに、福島一課長は首を横に振った。

「いや、疎明資料を作るためには、まだ情報が不足している」

疎明資料とは民事訴訟などでも使われる法律用語だが、ここでは裁判官に逮捕令状を発行して貰うために、逮捕を必要とする理由等を書いた書類を言う。

「我々の捜査は信用できないというわけですか」

加藤は不満げに口を尖らせた。

「そうじゃあない。ただ、被害者二人と共通の友人が行方不明という事実だけでは、その人物を犯人と考えるのに、じゅうぶんな材料とは言えんだろう。少なくとも三者の間にトラブルがあったような事実を確認できなければならない。逮捕状請求となれば、滝川という人物に対して大きな社会的マイナスを及ぼすわけだから、これだけの事実では裁判官も納得しない」

「そりゃ、おっしゃる通りなんですけどね」

加藤はわかっていながら、あえて福島一課長に突っかかったようだ。

「だが、これは大きな進展だ。佐竹、滝川の所在を追う態勢を作れ」

福島一課長の捜査指揮に、佐竹管理官は大きくうなずいた。

「わかりました。滝川の周辺を洗う人員を鑑取り班から十名ほど廻(まわ)します」

「それだけいれば、ま、いちおう機能するでしょうね」

加藤は気難しげに眉根(まゆね)にしわを寄せて答えた。

「俺と石田は、引き続き滝川の鑑取りでいいですね」

「すぐに捜査に戻ってくれ」

「了解っ」

佐竹管理官の下命に加藤は力強く答え、石田を従えて部屋を出ていった。

もし、滝川一義が真犯人だとすれば、鑑取りが進むことにより、新たな対話でも相手の次の行動が予測しやすくなるはずである。

「いや、予測しなくちゃならない」

夏希の言葉をさえぎるように捜査員の叫び声が聞こえた。

「大変です。被疑者がワールドペディアに新たな殺害予告を投稿しました」

「スクリーンに映せ」

小早川が叫んだ。

夏希も、福島一課長も二人の管理官もスクリーンに見入った。

寺沢広志（てらさわひろし）　神奈川県横浜市出身　明治大学法学部卒業

現職　環境副大臣

政治家だけあって、その続きにはうんざりするほど細々とした経歴が書いてあった。

最後の二行に夏希の目は釘づけになった。


【エピソード】環境利権の泥まみれ、「汚職の帝王」の罪により、まもなく天誅が下る。


「寺沢副大臣だって？」

福島一課長の声がいくぶん裏返った。

「大物を狙いましたね」

佐竹管理官もうなり声を出した。

「あ、消えた」

夏希の目の前で、エピソードに並んでいた文字がいきなり削除された。

「関係者が削除したようだ。さすがに対応が早いな」

「誰が連絡したんでしょうね」

二人の管理官は感心したようにスクリーンを見つめている。

チャットルームの着信アラームが鳴った。

——寺沢、悪い奴だから殺すよ。明日の夜さ、茅ヶ崎の海岸で有馬みはれタンのライブがあるでしょ？　あいつバカだから来るんだって。爆弾しかけるからね。言っておくけど本気だよ。

——ちょっと待って。ねぇ、待って。


夏希は懸命に呼びかけたが、レスは途絶えた。

「ライブを襲うだと！」

「しかも爆弾ですよ」

会議室に、打ち寄せる波のように大きな動揺の渦がひろがっていった。

（本気だろうか……）

シフォン◆ケーキと寺沢副大臣の間にどんなつながりがあるというのだろう。夏希にはどこか空々しいものに感じられた。だが、そう断定できる材料はない。

福島一課長は誰かと電話している。

「午後九時から緊急捜査会議だ。黒田刑事部長もこちらへ向かうとのことだ」

電話を終えた福島一課長が全捜査員に重々しく告げた。

雨が降り始めた。

窓の外にひろがる江の島の海は鈍色に沈み、白い波頭が日立ち始めた。

第四章　サザンビーチ・ライブ

【1】＠二〇一七年八月七日（月）夜

第四回の捜査会議は、さらなる緊張感のなかで始まろうとしていた。

捜査員が増員されたのか、席に着いているスーツ姿の男が昨日よりも十数人以上多い。

捜査幹部が入って来た。

黒田刑事部長の後ろに、筋肉質ですらっとした男の姿を見て夏希は驚いた。

（織田さん……）

かつて役職を知らずにデートした相手、出会ったときには好感を持った男、警察庁警備局の織田信和理事官であった。

微妙な濃さのオリーブ系のイタリアンスーツを粋に着こなしている。

あいさつがすみ、起立していた捜査員たちはそろって着席した。

「事態は急展開を見せることとなった。先ほど、ワールドペディアに寺沢広志環境副大臣の殺害予告が掲載された。さらに被疑者は我々の設置したチャットルームに、有馬みはれというアイドルが、明日サザンビーチちがさきで開催するライブ会場の爆破を予告した。我々としては、何があっても未然に防がねばならない。このため、警察庁警備局の織田信和理事官が、新たに捜査本部に参加してくれることとなった」

黒田刑事部長はかたわらに立つ織田を紹介した。

「織田です。皆さんと一緒に、この困難な事態を解決するために捜査本部に参加します。国民の代表者である寺沢副大臣の生命を脅かそうとする被疑者は、まさに民主主義の敵です。このような犯罪の実現を神奈川県警として、いや、警察組織として許すわけにはいきません」

細面で鼻筋の通った理知的な顔立ちで、織田は強い調子で言い切った。

（要するに政治家の生命は一般市民より重いというわけね……）

夏希としては、複雑な思いを抱かざるを得なかった。

しかし、織田の主張は筋が通っている。もし、シフォン◆ケーキが予告通りに、寺沢副大臣の殺害に成功してしまったら、世間の警察への批判は大きなものとなるであろう。世間の人々が政治家を大切に考えているという意味ではない。最大の警備態勢にある政治家すら守れない警察の無能に対する不安感が噴出するということである。

「現職の閣僚をターゲットにしたということは、本事案が単なる怨恨による連続殺人ではなく、反政府政治テロの性質を帯びたと考えるべきです。我々はいかなるテロリストも許すわけにはいきません。最大限の力を持ってテロと戦いましょう」

織田は堂々とした声音で言い切った。だが、警察庁の幹部らしくないやわらかな言い回しは、やはり織田らしかった。

「織田理事官は危機管理の専門家だ。今後の捜査は織田理事官の意見を中心に進めていってもらいたい……わたしはこの問題について検討する政府部内の会議に出席しなければならないので失礼する」

例によってあいさつだけで、黒田刑事部長は席を立った。全員が起立して見送り、捜査会議は終了した。

黒田刑事部長が退出した現時点から、織田理事官はこの捜査本部でいちばん大きな発言力を持つことになる。

警察庁警備局はまさに日本警察の中枢であり、全国の都道府県警察本部に対して強力な指導力を持っている。

一地方組織である神奈川県警察の捜査官に過ぎない福島一課長は、同じ警視正という階級であっても、織田に正面切って反対することは難しいのだ。

親しみをこめた笑顔をたたえて、織田は夏希の島に歩み寄ってきた。

「真田さん。また、一緒にお仕事することになりましたね。どうぞよろしく」

「あ、こちらこそ」

織田の笑顔もよく通る声も生理的には心地よい。しかし、本音のよくわからない人物という気持ちは消えていない。

「現在、警察当局で、シフォン◆ケーキを名乗る被疑者との対話に成功しているのは、真田さんただ一人です。あなたのコミュニケーション能力と分析能力を存分に駆使して頂きたい。協力して寺沢副大臣を守っていきましょう」

捜査幹部や管理官たちを意識しているかのような織田の言葉であった。

「ご期待にお応(こた)えしたいです。ただ……」

「なんですか」

織田理事官はちょっと小首を傾げた。

「すでに二人の市民が殺されています。そのことをいちばん最初に考えたいです」

これは理屈と言うよりも、夏希の思いだった。

「それは当然のことです。しかし、すでに起きてしまった被害より、これから起きる恐れのある被害を防ぐことに全力を注ぐべきです」

織田理事官は笑顔を浮かべたまま、明快な発声で夏希の意見に反駁(はんばく)した。

「はぁ……そうですね」

論理的に間違ったことを言っているわけではない。ただ、夏希はどこかになじめないものを感じ続けていた。

(やはり、織田さんにとっていちばん大事なのは、政府や警察の威信であり、体面なのだ)

しかし、そんな違和感を公けの場でぶつけるわけにはいかない。また、「当然だ」という答えが返ってくるだけだろう。織田は国家や警察の威信を守る自分の仕事に誇りを持っているのだ。

「伺いたいのですが、織田理事官。明日のライブの中止という選択肢はお考えではないのですか」

　佐竹管理官は遠慮深い口調で訊いた。

「それはありません。今朝も神奈川県警は、ニセ予告に振り回されて観光客であふれる辻堂海浜公園を閉鎖しました。慎重な判断として評価はできますが、世間からは神奈川県警に対しての批判が集中しています。マスメディアも同じ論調です。しかも、今回のライブには五千人の聴衆が来場する予定です。会場を閉鎖すれば、大変な経済的損害を生ずる。間違っていました、ではすまされません」

「寺沢副大臣ご自身は、爆破予告についてご存じなんですよね？」

「もちろん、副大臣にはすでに連絡しています。ですが、本人はライブが開かれる限り来場すると言っています。ほかのファンが駆けつけるのに、自分がゆかないわけにはいかないと言っています」

　小早川管理官がわが意を得たりとばかりにうなずいた。

「有馬みはれは、アイドル声優として大人気ですからねぇ。寺沢副大臣は自分がみはれのファンであることを利用して、みはれファンや声優ファンの若い連中を票田としていきたいんでしょう」

「副大臣は、こんな殺害予告はどうせフェイクだと高をくくっているようです。しかし、我々はそんなに楽観的になるわけにはいかない」

「やはり、ライブの中止を要請すべきではないですか」

佐竹管理官は食い下がった。

「いや、明朝夜明けと同時に爆処理チームに周辺地域を完全に捜索させます。観光客が増え始める午前十時頃までには捜索を終えられるでしょう。また、爆弾以外を使った襲撃に対応するために、明日は午後から第一機動隊の一個小隊をライブ会場横の駐車場に派遣します」

「騒ぎになりませんか」

福島一課長が眉間にしわを寄せた。

「大丈夫ですよ。ご存じの通り、片瀬江ノ島海岸の警備のために毎夏、新江ノ島水族館の広場に第一機動隊を派遣しているではありませんか」

そう言えば、今朝、夏希も機動隊の車両を見た。

「たしかにそうですが、茅ヶ崎市内では特別警備はやったことがありません」

織田は少しも意に介さない風に答えた。

「有馬みはれライブの特別警備と称すればマスメディアも納得するでしょう。大型人員輸送車一台と指揮官車一台、それに江の島署からパトカーも一台出すことにします」

福島一課長がうなずくと、織田理事官は会議室にいる捜査員全員に向かって宣言するように言葉を発した。

「ともあれ、中止や閉鎖はなしです。予告に真実性が感じ取れた段階で中止を検討します。ライブを予定通り開催する中で、我々は寺沢副大臣を守るのです」

会議室はしんと静まりかえった。

爆破予告がフェイクであるにせよ、被疑者がライブ会場に対して何らかの攻撃を加えないという保証はない。機動隊を投入したとしても、五千人の聴衆を守るために、この場にいる全員がライブ終了まで神経をすり減らすことになる。

捜査会議が終わり、捜査員達が外へ出て行くと、織田理事官が夏希の席に歩み寄ってきた。

「真田さん、捜査資料にはひと通り目を通していますが、いままでの対話から得た犯人の印象を教えて下さい」

「印象でよろしいのですね。まだ、分析資料が圧倒的に不足しています」

織田はにこやかな笑みをたたえて続けた。

「ええ、一刻も早く被疑者に迫るための材料がほしいのです」

「わかりました。対話からいくつかの特徴が浮かび上がってきました……」

福島一課長や管理官たちに説明した内容を、夏希は織田にもう一度話して伝えた。

「……そういった点から、四十代以上、少なくとも三十代後半より年齢が上の中間管理職などを務めた男性ととらえています。結婚経験もあると思います」

「捜査資料で読みましたが、まず間違っていないでしょう。急きょ捜査線上に上がってきた滝川一義については、当然ながらまだ捜査資料に記載がないわけです。真犯人とこの滝川という人物との関連についてはどう考えますか？」

　この質問には佐竹管理官が先回りして口をはさんだ。

「滝川一義は五十一歳で、離婚経験があります。以前勤めていた会社で中間管理職の経験もあり、現在は従業員数五十余名の企業の経営者です」

「とすると、真田さんのいままでの分析にあてはまる人物と言うことになりますね。寺沢副大臣と滝川一義との間に関連性がないかどうかの捜査が必要ですね」

「わかりました。そちらには四人投入しましょう」

　佐竹管理官が即答した。

「滝川の情報を入手した捜査員は誰ですか」

「江の島署刑事課の加藤巡査部長と、捜査一課の石田巡査長です」

　佐竹管理官の答えに織田理事官は明るい顔でうなずいた。

「ああ、さすがに加藤さんですね」

　織田が、必ずしも素直でない加藤を評価しているとは意外だった。

「ところで、今回の事案は、劇場型犯罪で愉快犯としては説明のつきにくいところがありますね」

　織田はわずかに眉（まゆ）をひそめた。

「注目欲求を満たすための手段が中途半端だと言うことでしょうか」

「そうです。わたしが不思議に思うのは、どうして巨大ＳＮＳなどを用いて、もっと広範に自分の犯行を世間に広めようとしないのか、自分の主張を訴えようとしないのか、という点です」

「たしかに、被疑者は世間に対してはワールドペディアを用いて、被害者二人と寺沢副大臣の《悪行》を伝えるだけに留まっています。犯行動機と世間に対する一方的な宣言であって、反論を許さないわけですね。また、遺族や関係者などによってすぐ削除されてもかまわないと思っています。どうせ、マスメディア等が拡散すると考えているのでしょう。ＳＮＳよりもマスメディアの力を信ずるところが強いといえます」

「ＳＮＳに期待していないと言うことですか」

「期待する以前に、親和性が少ないのかもしれません」

「どういう意味ですか？」

「簡単に言うと、ＳＮＳが嫌いなのです。メッセージを投稿すれば、すぐに自分への批判であふれかえるからです。ＳＮＳに投稿しないのも、自分に対する批判などを読みたくないからだと思います」

「なるほど、ＳＮＳに投稿すれば、いろいろなリプライがつきますからね。ほとんどは被疑者に対する批判的なメッセージとなるでしょう」

「そうです。この点から被疑者は、きわめてプライドが高いと考えられます。さらに、そのプライドをストレートには表現しない傾向を持ちます。一方で、プライドを傷つけられることを極端に恐れている印象を得ています。だからこそ、対話の相手として、わたしだけを選んでいるのです」

「納得できます。神奈川県警を代表するかもめ★百合が、真っ向から自分を批判してくるはずはないですからね。言葉は悪いが、真田さんは、シフォン◆ケーキの機嫌を損ねないように、あやしながら、被疑者の本質を引き出そうとしているわけですから」

夏希は大きくうなずいた。

「はい。そういった点でも、自分の地位を根拠として、他者に甘えることに慣れている傾向を感じます」

「他者とは、おもに女性の部下や配偶者を意味しているのですね」

「そうです。これは推論に過ぎませんが……」

「かまいません。推論を続けて下さい。ブレーンストーミングの場では大胆な仮説も提示する必要があります」

「ブレーンストーミング……」

小早川管理官がつぶやいた。

捜査方針の検討にブレーンストーミングを持ち込む警察幹部は珍しいだろう。とにかく、警察組織は上意下達が大原則である。

「さらに推測の域を出ないのですが、被疑者は《自己愛性パーソナリティ障害》の症例に当てはまるように思います」

「自己愛性パーソナリティ障害は、自己を客観視できず、自分は他者より優れて偉大な存在でなければならないと思い込んでいる障害でしたね」

「はい。WHO（世界保健機関）の『IDC-10』（『国際疾病分類』第10版）や、アメリカ精神医学会の『DSM-5』（『精神疾患の診断・統計マニュアル』第5版）が列挙する診断項目のうち、いくつかが該当するようにも思います」

　この二つの診断基準は、それぞれ問題点も指摘されているが、臨床の世界では非常に信頼されている。

　織田は臨床心理学や精神医学について、ある程度の知識を持っている。

「自己愛性パーソナリティ障害を持つ人物がとりがちな行動について教えて下さい」

　織田は穏やかな声で訊いた。

「この障害を持つ人は、誇大な言動が激しく、他者からの評価に非常に過敏で、他者への共感性がきわめて薄いなどの特徴を持ちます。ことに問題なのは共感性の薄さで、自らの成果や目標達成のために、他者を利用したり裏切ったりという行為をします。さらに他者の心の痛みに対して感情が動きにくいのです」

「だからこそ、残酷な殺人を実行できるのですね」

　夏希はあわてて手を振った。

「誤解しないで下さい。この障害を持つほとんどの人が、殺人はもちろん、あるゆる犯罪とは無縁です。ごく一部の不幸な例です」

　特殊な例を一般的な事例に拡大されては困る。

「なるほど……ところで、有馬みはれのファンであると称しているのにもかかわらず、彼女のライブ会場を爆破すると脅迫している件についてですが、ふつうに考えると矛盾しています。真田さんはどう考えていますか」

「さらに推論を許して頂けるのであれば……」

「どうぞ。お願いします」

「いままでの被疑者との対話では、有馬みはれについてのファンとしての思いが少しも感じられません。まず第一に、みはれファンというのは虚言であると思います」

「まぁ、その点はどちらだとしても、今後の警備には大きく影響することはなさそうですね」

　夏希はうなずいて言葉を続けた。

「次にライブ会場を襲うというのが虚言だと考えた場合には二つの意図がありますね」

「ひとつは有馬みはれとの無理心中を標榜している。もうひとつは寺沢副大臣という重要人物に天誅を下すと称している。いずれにしても我々を恫喝し、捜査を攪乱する意図でしょうね」

　織田はよどみなく答えた。

「そうです。ところで、この矛盾で気になることがあります」

「虚言であるにせよ、いままでの被疑者の発言は論理的には間違っていませんでした。今回の発言は論理的に破綻(はたん)しています。寺沢副大臣に天誅を下すのに有馬みはれを危険にさらす必要はありません。さらに有馬みはれと心中したいのなら、寺沢副大臣を巻き添えにする必要もないわけです。いままでの犯人には見えない姿勢です」

「と言うとつまり?」

「被疑者の焦りを感じます。事件が終盤に差し掛かっているような不安を抱いています」

「つまり、真田さんは犯人が誰かを犠牲にして、自らも生命を絶つというようなことを心配しているのですか」

「はい。さらにそれは有馬みはれでも寺沢副大臣でもないように思います」

「ライブ会場襲撃は擬装だと?」

「そこまではわかりません。あるいはライブ会場で何かを決行する気かもしれません」

「いまの分析は傾聴に値します。ですが、真田さんの意見だけを根拠に警備態勢を変更することはできません」

「今回の被疑者の場合、対話だけで真実を導き出すのは難しいです。少なくとも本音を深く覆い隠している人物ということは間違いがなさそうです」

「今回は、さすがに真田さんも苦慮しているようですね。とにかく、なるべく多くの対話を成功させましょう」

織田理事官は小早川管理官に向き直った。

「ところで、小早川さん、被疑者の使用している端末のＭＡＣアドレスは判明しましたか」

「先ほど、判明しましたが……」

小早川管理官の顔色は冴えない。

「そこから被疑者に辿り着ける可能性はありそうですか」

「被疑者は神泉堂が発売しているゲーム専用端末のＣＤＳを使用していたことが判明しました」

「ほう、ゲーム機にもＷｉ‐Ｆｉが内蔵されているんですね。端末の販売ルートを追いかけられませんか」

「それが……」

小早川管理官の顔色はさらに悪くなった。

「毎回、ＭＡＣアドレスが変わります。つまり、被疑者は通信の度ごとに端末を使い捨てている模様です。さらに、使用しているＣＤＳは三世代くらい前の旧型なのです」

「新型か旧型かで何か違いがあるのですか」

「被疑者の使用している旧型ＣＤＳの中古となると、秋葉原あたりで一台千円くらいで投げ売りされています。もし、購入店舗を分けているとしたら、とてもではないですが、購入した者を特定するのは無理です」

織田の端整な顔にありありと失望の色があらわれた。

「わかりました。小早川さんのチームは、防犯カメラの解析を続けて下さい。IPアドレスからもMACアドレスからも犯人に迫れないとなると、我々に残された手がかりは防犯カメラの映像だけです。できるだけピッチを上げていきましょう」

「わかりました。鋭意努力します」

小早川管理官は背筋を伸ばして答えた。

着信音が鳴った。

会議室に緊張が走る。

——警察はちゃんと警備してる？　明日は有馬みはれタンと天国に行くからね。

——本気で言ってるんですか？

着信ランプは消え、それきりレスは途絶えた。

「アクセスポイント解析できました」

ものの一、二分後に一人の捜査員が叫んだ。

だんだんIPアドレスの解析速度が上がってきている。

「どこだ?」

　小早川管理官が張り詰めた声で聞いた。

「横浜市営地下鉄横浜駅の地下三階ホームです」

「近くにいる捜査員をホームに急行させろっ」

　福島一課長の叫び声が響いた。

　捜査員の動きがあわただしくなる。

　人声が飛び交い、足音が行き交う。

　しばらくして、一人の捜査員が肩を落として報告に来た。

「鉄道警察隊の捜査員二名が、五分以内にホームに現場到着したのですが、不審な人物は発見できませんでした」

「逃げられたか」

「被疑者は交信直後に電車に乗ったらしいです」

「直近の電車は上りか下りか」

「それが……」

　捜査員は言葉を途切らせた。

「どうした。最終交信時刻に一番近い電車がわかるだろう」

「通信の最終交信時刻は午後十時四分ですが、湘南台行きとあざみ野行きが一分差で発車します。どちらに乗ったかは確認できません」

「なんと逃げ足の速いヤツだ」

「相当に狡猾(こうかつ)な人間ですね」

福島一課長も佐竹管理官も口惜(くや)しげに吐き捨てた。

「被疑者がアクセスポイントを事前に調べていることは間違いないようですね。防犯カメラに捕捉(ほそく)されにくい場所や逃げられる場所を選んでいます。要するに……」

織田の言葉に小早川は力なく答えた。

「計画的に無線LANのアクセスポイントを選んでいるということですね」

「警察が手玉にとられている。これはよろしくない状況です」

「面目ないです」

小早川管理官は肩をすぼめた。

「いや、小早川さんの責任じゃない。こういうケースは今までになかっただけの話です。今回の事案データをもとに対策を講じてゆく必要がありますね」

そう言えば、織田は反社会性パーソナリティ障害に関する研究チームを作っていると言っていた。今回も現場に出ながら、データ収集もしているのだろう。

「ところで、真田さん。いまのメッセージで、被疑者が有馬みはれとの無理心中を標榜していることは明らかになりましたね。あなたは幾ばくかでも真実が含まれていると思いますか」

「いいえ、先ほども申しましたように、これは捜査の攪乱を狙ったフェイクだと考えます。犯人が襲うのはライブ会場ではないと思います」

　フェイクという夏希の推論と直感は強まっていた。

「裏付けとなる明確な根拠を見つけて下さい。そうすれば警備態勢をゆるやかにできます」

「問題は、被疑者はすぐに対話を終了させてしまう点にあります。このような状態では、相手の心理に迫ることは難しいです」

「わかっています。少しでも進めて下さい」

　織田はじっと夏希の目を見た。

　窓を叩く雨足が強くなってきた。

　時おり稲妻が暗闇に走り、雷鳴が轟いている。

　豪雨のなか、時計の針は嫌になるほど速く進んでいた。

　シフォン◆ケーキからのアクセスはないまま、時間はどんどん過ぎていった。有馬みはれライブまでの残り時間が減ってゆくなかで、捜査の進展はなかった。

（どういう人間なのだろう）

　加藤が何かをつかんできてくれることを期待しながら、夏希は犯人像について考えを巡らしてみた。

　動機は怨恨と考えられるが、社会正義を標榜している。ワールドペディアなどを使って世間に自分の犯行を喧伝しているが、自己顕示欲は中途半端。虚言は繰り返されるが、目的はよくわからない。警察を振り回そうとしているが、これまた中途半端……。

（シフォン◆ケーキは、いったい何が望みなのだろう……）

統一性のない行動に犯人像はぼやけるばかりである。

（面と向かって話すことができれば、人間像も少しはわかるはずなんだけど……）

一方的な文字言語コミュニケーションである上に、すぐに逃げられて深い突っ込みもできない。

いちばん心配されるのは、シフォン◆ケーキが明日のライブ時に、なにか大きな行動を起こすことである。

なんとか防がなければならないが、道筋が見えてこない。

いまは滝川一義に関する加藤たちの報告を待つばかりである。

「どうすればいいのか……」

夏希が独り言をつぶやくと、資料に目を通していた福島一課長が顔を上げた。

「真田。今夜はもう帰れ」

福島一課長は待ちに待ったひと声を掛けてくれた。

「え、いいんですか」

正直言って福島一課長を拝みたい気分だった。

シフォン◆ケーキとの対話で緊張し続けたせいか、こめかみがしくしく痛んでいた。

「ああ、おまえは明日の夕方に向けた闘いに備えてもらう」

「ありがとうございます。お言葉に甘えさせて頂きます」

夏希は大きく身体を折って感謝の気持ちをあらわした。

捜査員たちは江の島署の道場に泊まり続けている。

福島一課長のやさしさに胸が温かくなった。

「もし、アクセスがあったら、スマホに連絡入れます。電源入れといてくださいね」

小早川が念を押したが、夏希だって警察官である以上、スマホの電源を切ったりはしない。

江の島署を出るといつの間にか空は晴れていて、ほぼ満月の十六夜月が澄んだ空に浮かんでいる。

相模湾の波間の輝きが夏希の目に沁みた。

【2】＠二〇一七年八月七日（月）深夜

夏希が舞岡の駅に降りたのは、二十三時近かった。

駅前の県道を通るクルマもほとんどない時刻になっていた。

県道を渡って、夏希は自分のマンションへと続く狭い坂道をゆっくりとのぼっていった。

塵が払われ澄んだ夜空から清々しい月光が地表に降り注いでいる。

クタクタに疲れていた。

だが、捜査本部から解放された喜びに身体は軽かった。江の島署を出たとたん、こめかみの痛みも雲散霧消していた。

道を進むたび、水たまりに光る月が何度も現れる。

捜査本部に降った驟雨は、戸塚区も襲ったようだ。

道の脇に生えている木々から水蒸気がさかんに空に昇っている気がする。

緑の匂いと涼やかな空気が心地よい。

背中に月光を浴びながら、夏希は広々とした畑地のなかの道をのぼってゆく。

夏希のマンションは、三段の高さに分かれた畑地の一番上の段を切り拓いた場所にある。

背後に横浜市立大学の舞岡キャンパスを控えているためもあって、まわりには木々も多く静かな環境だった。

二段目から三段目に上がるところには三十段弱の階段があった。

階段の下に濃紺のワンボックスワゴンが停まっている。

（こんな遅くにカップルかな……）

日中は営農トラックしか見かけない場所だが、夜間はごく稀にカップルがクルマを停めていることがある。

運転席と助手席以外にはスモークフィルムが貼ってあるが、夏希は内部を覗かないようにしてワゴンのかたわらを通り過ぎようとした。

そのときである。

クルマの後ろから黒い影が飛び出してきた。

背後から太い腕で首を絞められた。

「ひっ」

「騒ぐと殺すぞ」

低い押し殺したような男の声だった。

首筋に冷たい感触を覚える。

ナイフらしきものが当てられている。

夏希の全身に鳥肌が立った。

「騒ぐと、頸動脈(けいどうみゃく)を切る。わかったな」

身じろぎできない。うなずくこともむろん……。

「わかりました……」

震えながら必死でかすれ声を出した。

ガコッと音を立ててワゴンのオートドアが開いた。

男は夏希の背中を強い力で押した。

「クルマに乗れ」

一瞬、息が止まるような苦しさに襲われた。

フラットにしてあるシートに夏希は突き飛ばされた。

うつ伏せになってシートに転がる。

夏希の背後に男が回ると、ドアが閉まった。

「声を出したら、背中をズブリだ」

ドスのきいた声で男は脅した。

あごをガクガクさせて夏希はうなずいた。

かたわらに迫った男は、夏希の両手首を白いロープで後ろ手に縛り上げた。

きゅっという音が聞こえ、手首が激しく痛んだ。

術科を修めているふつうの女性警察官なら撃退法も知っているだろう。しかし、夏希は研究職の特別捜査官採用なので、そういった護身術は身につけていない。

男は夏希をシートの一番後ろに無理やり座らせた。

相手のなすがままにさせるほかはなかった。

ぼんやりとした光の中で、男がキャップとサングラス、マスクで顔を隠しているのがわかった。

「これを飲め」

男は夏希の胸の前に右手を突き出した。

「なにそれ……」

掌(てのひら)の上で薄明かりに浮かんだのは、白い錠剤二つだった。

「よく眠れるクスリさ」

睡眠導入剤だ。分量によっては生命の危険が生ずる。

「いやっ」

夏希が首を振ると、男の声が尖った。

「ナイフのほうがいいのか」

男の脅迫に従う以外の選択肢はなかった。

黙っていると、無理やり口をこじ開けられた。

口の中に錠剤が放り込まれる。

男は夏希の口もとに小さなペットボトルの口をあてて緑茶のような液体を流し込んだ。

液体が気管に入り、夏希は激しくむせた。

だが、その前に錠剤は喉の奥へと進み、食道を通過してしまった。

「大丈夫だ。ただの睡眠導入剤だ。そこでしばらく寝ていろ」

喉の奥で笑うと、男はドアを開け車外に出た。

「このドアは内側からは開かない。逃げ出そうなんて考えるな。クルマを降りたら、殺すからな」

低くおぞましい声で男は脅した。チャイルドセーフでも掛けてあるのだろう。

夏希は抵抗するつもりはなかった。

いま下手に動けば、ナイフで刺されるかもしれない。外へ逃げ出せば、ひき殺される恐れもある。

どうにかチャンスをつかんで逃げ出すしかない。

（シフォン◆ケーキなのか……）

ベンゾジアゼピン系の向精神薬……。連続殺人犯シフォン◆ケーキは戸田に対して、睡眠導入剤を用いている。

男は運転席に座ると、エンジンを掛けた。

ゆっくりとクルマが動き出した。

（なぜ、あたしの家を知っているんだろう）

捜査本部がある江の島署の近くで夏希の退勤を見張っていたのだろうか。夏希の顔は知らないだろう。しかし、いままでにネットに出た情報などから、およその年齢や体格などはわかっているかもしれない。

跡を尾けられたのは今夜ではないはずだ。

クルマで夏希の乗った地下鉄を追いかけてくることは不可能だ。昨日以前に、夏希のマンションを割り出していたのだろう。

今夜は階段の下にクルマを停めて、夏希が通りかかる瞬間を待ち伏せていたものに違いない。

畑を下って、クルマが県道に出る頃には、夏希の意識はもうろうとしてきた。

（かなりの即効性だ……ベンゾジアゼピン系にもいろいろあるが……どの薬だろう）

次の瞬間、夏希は深い眠りに落ちていた。

【3】@二〇一七年八月八日（火）朝

翌日、第五回捜査会議に出席した小川祐介巡査部長は、会議室の空気に違和感を覚えた。

建物の前にひろがる海面の反射のためか、今朝もこの部屋は照明が要らないほどに明るい。

だが、どこかにいつもと違う空虚感がある。

部屋全体をゆっくり見まわして、ようやく気づいた。

夏希の姿が見えないのだ。

捜査会議を欠席するというのは、警察官として通常はあり得ない行動だ。

（急病なのかもしれない）

捜査幹部のあいさつを、小川はすべて聞き流してしまった。

右足はいつの間にか貧乏ゆすりを始めていた。

二人の管理官からの捜査状況説明も、大きな進展がないということと、昨夕から被疑者のアクセスが途絶えているということしか耳に入らなかった。

残念ながら、滝川一義の所在確認も進んでいなかった。

会議が終わるとすぐに、小川は廊下に出て夏希の携帯に電話を入れた。

（ん……なんだ……）

圏外か電源が入っていないというメッセージが返ってきた。

固定電話の番号も聞いていたことを思い出して、そちらに掛けてみても、留守録のメッセージが返ってくるだけだった。

(電話に出られんってのは、どういうことだ……)

胸に黒雲が湧き上がる。

不安でたまらなくなった小川は、後ろの席であくびをしている加藤のもとへ歩み寄った。

「加藤さん、ちょっと」

「なんだよ、シケた顔してるじゃないか。アリシアと喧嘩でもしたか」

ニヤニヤしている加藤の問いを無視して、小川は続けた。

「真田が来てません」

「夏風邪でもひいたんじゃねぇのか。腹出して寝たとかよ」

加藤は右の耳穴を指でほじりながら答えた。

「携帯に掛けても、家電に掛けてもつながらないんです」

「マジかよ……」

加藤の顔色が変わった。

「嫌な予感がするんです」

「おまえ、それ予感ってなもんじゃないだろ」

加藤は椅子から腰を浮かしかけた。

「え……どういうことですか」

「わかんないのかよ。真田にあれほどベタベタしたメッセージ送ってきてた犯人が、昨夜からまったくアクセスしてないんだぞ……」

加藤は急に険しい顔つきに変わった。

「……つまり……真田は……」

小川はつばを飲み込んだ。喉がゴクリと鳴った。

小川の目を見て、加藤は硬い表情でうなずいた。

「おまえ、そこでちょっと待ってろ」

幹部席に座って書類を読んでいた福島一課長のところに、加藤は大股で歩み寄っていった。

声を尖らせて加藤は何かをしきりに訴えている。

「いや、だから、ふつうに考えて尋常じゃない事態だと思うんですよ」

加藤の声が高くなった。

小川も幹部席へと近づいた。

「病欠の連絡も入っていないそうだ。これヤバいぞ」

振り返った加藤の顔はこわばっている。

「加藤は真田が来ていないのは、犯人と関係があると言いたいのか」

福島一課長は眉間にしわを寄せた。

「子どもでもそう考えませんか。だって、ヤツは真田のストーカーみたいなもんだったじゃないですか」

「おい、加藤。課長に対してなんてこと言うんだ」

佐竹管理官が気色ばんだ。

「別に課長が子どもだなんて言ってませんよ。とにかく、これは非常事態だと俺は思いますね」

加藤は口を尖らせた。

「もう少しようすを見ましょう。なにか我々にわからない事情があるのかもしれない」

織田理事官はなだめるように言った。

「なんです？　事情ってのは」

カドのある声で加藤は訊いた。

「たとえば、急に郷里のご両親が病気になって帰省したのかもしれません。あるいは、ただ単に遅刻しているだけで、もうすぐ姿をあらわすかもしれないでしょう」

織田の答えに、加藤は苦々しげな口調で突っ込みを入れた。

「織田理事官。それ、本気で言ってますか？　どっちにしても真田は生真面目だから、連絡くらい入れてきますよ」

「まぁ、彼女の性格からすれば、たしかに不自然ですね」

「こんなこと言いたかないんですけどね。刑事ってのは最悪を考えちまうんですよ。あなたのように楽天的には考えられなくてね」

巡査部長が警視正に向かって言う言葉ではない。小川はハラハラしてきた。

「最悪と言いますと」

「端的に申しあげると、真田は犯人にとっ捕まっちまったってことです」

「まさか……」

織田はかすれた声で答えた。

「昨夜、真田はいつ帰ったんですか」

「たしか、二十二時三十分頃に福島一課長が帰しましたよね」

小早川管理官が口を挟んだ。

「もし、被疑者が真田を拉致したのが昨日の夜だとしたら、時間的にもぴったり符合しますよ。直ちに捜索救出体制を組むべきだと思うんですよ」

加藤の眉間には深い縦じわが寄っている。

「わかりました。県警本部の刑事課特殊捜査係から一班、投入します」

織田は即断してきっぱりと言い切った。

SISと略称される神奈川県警察特殊犯係は、誘拐・立てこもり事件について専門の特殊訓練を積んでいる。黒いアサルトスーツにヘルメットという物々しい出で立ちで知られる。

「すぐにお願いします。それから、これは憶測に過ぎないんですが、真田が拐取されたのは自宅付近の可能性が高いと思います」

「真田の自宅はどこだったかな……」

福島一課長が誰にともなく訊いた。

「横浜市営地下鉄の舞岡駅近くです」

小川の答えに小早川が驚きの表情を浮かべた。

「よく知ってますね」

「アリシアを預かって貰っている訓練所の近くなんで、偶然に会ったことがあるんですが、人家の少ない淋しい地域です」

「それは誘拐するにはもってこいの環境だな」

佐竹管理官が小さくうなった。

「では、SIS隊員の三分の一を、真田さんが拐取された恐れのある自宅付近に送りましょう。目撃情報を集めさせます。残りは……」

織田の言葉を引き継ぐように加藤が発言した。

「これは、まったくの勘なんですが、いままでの事件は江の島と辻堂の海岸付近で起きています。さらに今回はサザンビーチ付近がターゲットです。湘南海岸近くのどこかの建物に監禁されている恐れが強いと思います」

「わかりました。いずれにしても捜索範囲は絞らざるを得ません。残りの三分の二を江の島、辻堂、茅ヶ崎に分けて配置しましょう」

織田の言葉に加藤は素直にあごを引いた。

「だけど、ＳＩＳが来るのには一時間半くらい掛かりますよね」

当然、今日も周辺道路は混雑の極みだった。

「これから俺は真田探索に向かいます」

「待ってください」

織田はわずかに声を高めた。

「いや、待ってる暇はないですよ」

命令を無視して勝手な行動をとる警察官はあまりいない。

「こいつ連れていってもいいですか」

加藤は小川を指さした。

「俺も行きたいです」

もちろん小川だって真田探しをしたかった。ほかの仕事に集中できるような気がしなかった。

「小川はどうでもいいんだけど、アリシアの力が必要になるかもしれないんです」

ま、もちろんそういうことだろうが、自分がいなければアリシアはちゃんと動けないと、小川は自負している。

だが、織田理事官は小さく首を振った。

「いや、小川巡査部長には爆処理チームの応援を頼みたい。ライブ会場で爆発物の探査に当たってもらいます」

やはり、小川の希望はかなえられない。

だが、加藤のように上官の命に逆らう勇気はなかった。

小川は軽い自己嫌悪を感じていた。

しかし、爆弾を仕掛けるというシフォン◆ケーキの脅迫がある以上、小川とアリシアが爆発物の探索に専念するのは当然の判断である。また、小川にはその仕事をすべき警察官としての義務がある。

また、範囲が限定されていなければ、アリシアの能力を活かすこともできない。十数キロにわたる湘南海岸で闇雲にアリシアのリードを持って歩き続けるわけにはいかない。

正論を持ち出して、行動を正当化しようとする自分のこころに気づき、小川は情けなくなった。

「わかりました。じゃ、俺はSISの先触れとして単独で真田探しに出ます」

加藤は宣言するようにうそぶいた。

「待ってください。やはり加藤さんには滝川関連を洗う捜査活動に専念してほしいです」

織田理事官は顔の前で手を振って、加藤を止めた。

「同じことですよ。真田探しってのは、犯人確保のための捜査活動ですから」

加藤は凄みのある声で口答えした。

「いや、しかし……」

織田は右手を前に差し出して拒絶の意を示した。

ドンという打撃音が響いた。

加藤が会議テーブルの天板を叩いた音だった。

残っていた捜査員たちに緊張の沈黙が走った。

「真田の生命は俺が救います」

仁王立ちになった加藤が、低い声で宣言した。

気圧された織田理事官は小さくあごを引いた。

「彼女は、かけがえのない仲間です」

加藤はきびすを返した。

「おい、石田、行くぞ」

石田は目を泳がせた後、上目遣いに答えた。

「わたしは滝川周辺の鑑取りチームに混ぜてもらいます」

加藤はチッと舌打ちした。

「何かわかったらすぐに連絡入れますんで」

会議室の出口で織田に向かって声を掛けると、加藤はそのまま出ていった。

「加藤にも困ったものです」

福島一課長が取りなすように織田に声を掛けた。

「いやいや、優秀な捜査官だと思っています」

織田は鷹揚(おうよう)な声で答えた。

「あの男は自分以外を信用しないんですよ」

「自分を信じられるのは大事なことです。彼の報告を待ちましょう……」

織田は急に淋しげな表情になって言葉を継いだ。

「……本音を言えば、わたしだって真田さんを探しに出たい。しかし、わたしには国民の代表者である寺沢副大臣と警察の威信を守る義務がある。それに、いま採るべき最良の方法は誘拐や立てこもりの専門チームであるSISの能力を使うことだと信じています。一般の捜査員がたとえば五人動き回っても、SISの一名にはかなわないでしょう」

織田の言葉は自分に言い訳するようにも聞こえた。

ここにも一人、自分と似たような男がいる。

(義務や道理を持ち出すってのは、自分自身への言い訳なんだな……)

小川は新たな発見をしたような気がした。

(真田だったら、こんな心理をどういう理屈で説明するだろう)

そんなことを考えたら、きゅっと胸が締めつけられるように感じた。

気を紛らわせるには、とにかく身体を動かすしかなかった。

会議室の出口へ向かって歩き始めたところで、ハッと気づいた。

「石田くん。一昨日のハンカチ持ってないよな」

「一昨日のって……なんすか？」

石田はぼんやりと訊いた。

「ほら、弁天橋で真田が倒れたときに、あんたが彼女の頭の下に敷いたヤツだよ」

「あ、あれね。本部立ち上がってから家帰ってないですからね。ザックの中にあるはずです」

ディパックの中をゴソゴソやって、石田は青い縁取りのあるグリーンのハンカチを差し出した。

「こいつですね」

意外なことに使用済みのハンカチはきちんと畳んであった。

「おお、これこれ」

夏希の匂いが残っているはずである。

アリシアに夏希を探させるチャンスがやって来たときには重要なものとなる。

小川はハンカチを受け取ると、ポケットからファスナ付きのポリ袋を取り出して中に入れ、バッグにしまった。

「ライブ会場に爆発物探索に出ます」

「頼んだぞ」

福島一課長が声を掛けてくれた。
じりじりとした焦燥感の中、小川はアリシアの待つ地下駐車場へ向かった。
窓から見える沖合には、早くも綿あめのような雲が浮かび始めていた。
今日も暑い一日になりそうだった。

第五章　サンセット・クルーズ相模湾

【1】＠二〇一七年八月八日（火）夕刻

小さい揺れを感じて夏希は覚醒（かくせい）した。

（ここはどこ……）

霞（かすみ）が掛かったように視界がぼやけている。

後頭部に鈍痛を感ずる。

瞳孔（どうこう）がようやく開いてきた。

ぼんやり浮かんできたのは、サーフボードを短くしたような左右の横長楕円（だえん）形の窓であった。

外の世界は黄金色に輝いている。

まわりを見まわしてみる。

夏希はシーツも敷いていないダブルベッドの紺色のマットに寝かされている。

低い天井、細長い天窓。随所に木目を使った気取ったインテリアの狭い部屋。

ふつうの部屋ではない。
このインテリアに共通する雰囲気の場所に、つい先日、立ち入った記憶があった。
（え……ここって……）
両側の窓をあらためて見る。
シャンパンゴールドに染まっているのはさざ波立つ海面だった。
間違いない。このベッドルームは洋上に浮かぶ豪華なクルーザーの艇内だ。
小西行則のモータークルーザーではないか。インテリアの雰囲気がよく似ている。
たしか《ゼフィール》とかいったか。
染まる海は朝ではなく、夕方近くのように思えた。
そうだとすれば、半日以上も眠り続けていたことになる。
あるいは何らかの方法で、睡眠導入剤を追加投与されたのかもしれない。
夏希は起き上がろうとした。
身動きができない。
気づいてみると、両腕と両脚がそれぞれ白いロープで縛られている。
手足に力を込めて、縄をほどこうともがいた。
五分ほど手足をばたつかせてみたが、まったくの無駄だった。
ふたたび船が揺れた。
どこの海に浮かんでいるのかはわからない。

だが、舞岡から海へは、東京湾側でも相模湾側でも、電車で三十分はかかる。

わざわざ睡眠導入剤で眠らせ、こんな離れたところに監禁して、クルージングを楽しませようという人間はいない。

あらためて全身に鳥肌が立った。

ワゴンに連れ込まれたときの差し迫った恐怖とは別種の不気味な恐怖感である。

あの男はシフォン◆ケーキなのだろうか。

そうだとすれば、いったい夏希を監禁してどうしようというのだろうか。

相手は残酷な方法で二人の男を殺した凶悪犯なのだ。

最悪の事態を考えるべきだ。

夏希の鼓動は収まってくれなかった。

背中に嫌な汗がどんどん噴き出てきた。

この船が《ゼフィール》だとすれば、小西行則がシフォン◆ケーキなのだろうか……。

拉致された時は暗かったし、脅えきっていた。犯人がどんな男なのかは、はっきりとはわからなかった。

だが、日曜日に時間をともにした小西が、そんな暗い欲望に燃える男には、どうしても思えなかった。

目の前に小さな木製のドアがある。

ドアの向こうにはサロンがあり、操舵スペースがあるはずだ。

キャプテンシートに座っている男は小西なのか。

恐怖感から夏希はふたたび縄を解こうと試みた。

ドタンバタンと何度もがいても、夏希を縛めている縄はゆるむ気配もなかった。

夏希はあきらめた。ベッドのヘッドボードに背を付けて上半身を起こし、座る姿勢をとった。

前方のドアを開ける音がした。

夏希は息を呑んでドアを見つめた。

すっと開いたドアから、一人の大柄でがっしりした男がベッドルームに入ってきた。

小西ではない。

筋肉質の背の高い身体を持つ見知らぬ男だ。

「やぁ、かもめ★百合ちゃん、おはよう」

中音の通りのよい声だった。

四十代後半から五十歳くらいか。

額の広い面長の顔に、鼻梁が秀でている。

知性もじゅうぶん感じられるし、品の悪い顔立ちでもない。

顔全体のイメージは市役所の職員や銀行員など、どこにでもいるサラリーマン風である。

髪の毛はラフでやや長めだが、堅めの職業に就いている人間といったイメージで、特段に凶暴な雰囲気を持ってはいない。

ただ、薄い唇は、どこかに酷薄な人柄を感じさせた。

「あなた誰なの？」

夏希の声はかすれた。

「お察しの通りだよ」

「シ、シフォンケーキ……さんよね……」

ハンドルネームとほど遠い外見に、夏希は大きな違和感を覚えた。

「長ったらしいから、シフォンと呼んでくれる？　ボクも百合ちゃんって呼ぶよ」

ベタついた話し方は、チャットルームそのままだ。

「どうしてシフォンケーキって名乗っているわけ？」

「別に……子どもの頃から好きだからだよ」

シフォンは素っ気なく答えると、ベッドの足元の端あたりに腰を下ろした。

「なんでこんなことするの？」

いきなりシフォンは、夏希に身体を近づけた。

ぐっと顔を寄せて夏希をじろじろと見つめる。

「眠っていたときにはよくわからなかったけど、思っていた以上に美人だね」

夏希の問いに答える気はないようである。

「それはどうも……」

声が震えた。答えつつ、自分の顔に血が上ってくるのを夏希は自覚していた。

こころのなかで恐怖よりも怒りが立ち勝ってきたのだ。

暴力で夏希の自由を奪い、支配しようとするシフォンを夏希は許せなかった。

「そんな美人で女医さんの上に、脳科学の博士なんでしょ。なんで警察なんかつとめてるの？　もっと、美味しい生き方がいくらでもあるでしょうに」

「さぁ……なんとなく」

当然ながら、ぶぜんとした声しか出てこない。

「なにか飲みますか？」

奇妙な猫なで声でシフォンは訊いた。

「いいえ、結構です。それより、この縄をほどいて下さい」

「それはできない相談だね。抵抗されたりしてもいろいろと面倒だからね」

喉の奥でシフォンは笑った。

「あなたは何が望みなの？」

夏希は懸命に感情を抑え、カウンセリングマインドを奮い起こした。

シフォンの心に迫ることで、どうにかこの危機を乗り越えたい。

「望みねぇ……」

シフォンは唇の端を歪めて笑った。

「わたしはあなたの相談に乗りたいと思ってます」

「いや、相談に乗って貰う必要はないね」

シフォンは鼻の先にしわを寄せてせせら笑った。

「だいたい百合ちゃんは、ボクの相談に乗れるような状況じゃないでしょ。自分がどういう立場に置かれてるかわかってないみたいだ。ボクの気分ひとつでキミは海の底へドブンだよ。手足をグルグル巻きで泳ぐのは難しいだろうな」

笑顔を浮かべながら、シフォンは楽しそうな口調で恫喝した。

「ま、何か飲み物を持ってくるよ」

「全身を縛られたままで、何かを飲む気にはなれない。それに、あなたが用意した飲み物には何か変なものが入ってるかもしれないでしょ」

夏希の声は怒りに震えていた。

「大丈夫だよ。冷蔵庫見てみたらね、この船のオーナーが用意している最高の酒がゴロゴロしてるから」

「この船のオーナーって誰？」

夏希は気負い込んで訊いた。

「知ってるだろう。小西ってさ、いけ好かない男だよ。日曜日にデートした相手をもう忘れちゃったのかな？」

やはりこの船は小西の《ゼフィール》だったのだ。それにしても、日曜日の夏希の行動を知っているとは……。あるいは以前から、ひそかに夏希のあとをつけ回していたのかもしれない。

「小西さんをどうしたの？」

不安を押し殺しつつ、夏希は尋ねた。

「まだ、生きてるよ」

シフォンは平然とした口調で答えた。

口調と同じくシフォンの顔つきは少しの変化も見せていなかった。

言葉を信じたいと夏希は思った。

「どこにいるの？　教えて」

「あれ、百合ちゃんは小西が好きだったのかな？」

にやにやとした笑いをシフォンは浮かべた。

「好きとか嫌いとかの問題じゃないでしょっ」

口調が激しくなる。

「下のフロアのベッドルームに転がしてあるよ。縛りつけてね」

おそらくウソではないだろう。夏希はホッとした。

「お願い。わたしたちを解放して」

必死の思いで夏希は訴えた。

「それもできない相談だねぇ。すべての計画を終わらせるまではね」

「計画ってなに？」

シフォンは素っ気なく言うと、きびすを返し小さな開口部から窮屈そうに出ていった。

しばらくすると、シフォンは鼻歌混じりで戻ってきた。

右手に二つのグラスを載せたステムウェアトレイを持ち、左手にシャンパンの入ったアクリルのワインクーラーを提げている。

「まったく至れり尽くせりの船だね。製氷機付きの冷蔵庫まであるんだから驚きだ」

シフォンは、床に座ってグラスやワインクーラーを置き、ボトルを取り出した。

カーペットにしずくの染みが点々ととんだ。

ラベルを見ると、日曜日に飲んだのと同じクリュッグだった。

「いまここで開けて一緒に飲むんだから、毒が入ってる心配はないよ」

シフォンはポンと派手な音を立ててコルク栓を飛ばした。

シャンパンの上品な栓の抜き方を知らない男だ。と、くだらないところで腹が立つ。

これは恐怖を紛らすために、こころが自分自身にウソを吐いているのだ。夏希は自覚していた。

「ねぇ、百合ちゃん飲まないの？」

「両腕を縛られててどうやって飲むって言うんですか」

夏希は苛立つ気持ちをそのままぶつけた。

「怒った顔がまたいいねぇ」

シフォンは舌なめずりせんばかりの顔で笑った。

つばを吐きかけたくなる気持ちを夏希は懸命に我慢した。

「じゃ、ボクが一人で頂くよ」

グラスのひとつにクリュッグを注ぎ、喉を鳴らしてグラスを干した。

「ああ、美味い」

シフォンは次の一杯を注いですぐに口を付けた。

「いつもこんな酒を飲んでんだからなぁ。まったく」

いままでの妙にはしゃいだような上ずった声と違い、どこか自嘲的な声音だった。

「シャンパーニュの帝王なんですってね」

「むかしは毎晩ドンペリ飲んでたよ」

「むかしって……」

「四半世紀のむかし。みんながバブルって呼んでる時代だな」

「一九八九年が絶頂期っていわれてるね。日本中が元気だった頃でしょ。わたしはまだ幼稚園くらいの頃だけど……」

「そう。あの頃はよかったよ。日本がマトモだった」

「ふつうはそうは言わないよ。狂乱の時代って呼んでる」

「後から振り返って理屈づけすることはいくらでもできるさ。庶民にまで金が廻ってた時代を悪く言う必要はない。あの時代を楽しめなかった人間の単なるジェラシーさ」

皮肉っぽい言葉とは裏腹に、シフォンの表情は沈んでいた。

「バブルの頃に青春をすごした世代なのよね」

「ああ、花のバブル入社組だよ」

「わたしまだ小さかったから。何年のことなの？」

「一九九〇年。昭和が終わった平成二年だよ。バブル景気最後の年って言われているけど、業界によってはその後、二年くらいは景気は悪くなかった」

大卒で入社していたとすると、シフォンは五十歳くらい。いずれにしてもアラフィフ世代ということになる。いわゆる団塊ジュニアのすぐ上の世代だ。

「その頃、流行ってたのは、どんなもの？」

輝いていた時代を思い返すと、人の精神は安定方向に向かう。

一九六〇年代に米国の精神科医ロバート・バトラーが提唱した理論に端を発し、脳科学的にも裏付けを持った「回想法」という心理療法がある。

人間は年齢を重ねるごとにこころが動きにくくなる。老化により脳の血流量が減ることが大きな要因である。

最近の研究によって、若い頃に感動したものや好きだったものを思い出すことで、脳内血流量が増大することがわかってきた。

「なつかしい」という感情は脳を活性化して精神を安定化させ、認知機能も高める。結果として、認知症をはじめうつ病や記憶障害に効果を持つとされているのである。

夏希の質問は、この心理療法に基づくものだった。

「スーパーファミコンが出た年さ。流行ってたのはオヤジギャル、漫画だと『ちびまる子ちゃん』、映画なら『稲村ジェーン』とか『プリティ・ウーマン』かな」

当時の流行がスラスラ出てくるところをみると、やはりシフォンにとって大切な時代なのだろう。

「その時代、なんとなくわかる気がする」

夏希も幼稚園で『ちびまる子ちゃん』の歌を歌った記憶がある。

「あなた自身はどんな曲が好きだった？」

「ボビー・ブラウンとかマイケル・フォーチュナティ。女だとキャリン・ホワイトあたりかな」

「ボビー・ブラウン以外はわからない」

名前も知らなかった。

「ざっくり言うとR&B系だよ。ノリのいい曲ばかりさ。アフタースキーのパーティーとか思い出すな」

謎の言葉が登場した。

「アフタースキーって何？」

「当時の若いヤツらはさ、男も女もグループでスキーに行くわけよ。で、半分はナンパが目的さ。女子グループも声掛けられることを待っている。ランチのときなんかに気に入ったグループに声掛けておいて、夜に一緒にお酒飲んだりするわけ。そいで、最終的にはお持ち帰りするんだ」

「へぇー、一種の婚活か」

「まぁ、結婚まで進んだヤツらはほとんどいないけどね」

シフォンはにやっと笑って言葉を継いだ。

「で、レベルの高いコは簡単には落とせない。だから、次は海に誘う。友だちの親父が佐島マリーナに三十二フィートのモータークルーザー持ってたんだ。ほとんど乗らないからってかなり自由に使わせて貰ってた。船も乗らないと機関とか傷むからね」

なるほど、シフォンは若い頃からプレジャーボートに親しんでいたのか。

「トヨタのMR-Sっていう2シーターオープン買ったんだ。ナンパした女と江の島から逗子や葉山をドライブしてさ。佐島マリーナから船出して夕陽でも見せてやると、まずは百パーセント落とせた。ほんとにいい時代だったよ」

この男は女性を「落とす」対象としか考えていないのか。夏希は胸が悪くなった。

「ところで百合ちゃんさぁ、なんでそんなこと聞くの？」

シフォンは急に疑わしい表情を浮かべた。

夏希は「回想法」をあきらめるしかなかった。

「そんな質問して、どんな分析しようってのかなぁ？」

言葉とは裏腹に、シフォンの顔つきに凶悪な色が走った。

「有馬みはれのドルオタって言ってたけど？」

考えがまとまらないうちに、恐怖から次の問いをぶつけてしまった。

「んなわけないじゃん。いいトシして」

小馬鹿にしたような声だった。

「つまりわたしを騙してたのね」

「ま、そういうわけだよ。今夜、この茅ヶ崎の海でお祭りをやろうと思ってるだけだ」

くっくっくっと、シフォンは気味の悪い笑い声を立てた。

「本気で爆破する気なんてないんでしょ？」

思い切って夏希は突っ込んでみたが、シフォンの表情は変わらなかった。

「ほらここにリモコンもあるよ」

シフォンは薄笑いを浮かべて、黒い筐体のトランシーバのような機器を突き出して見せた。

「こいつはカーセキュリティ用の電波式リモコンをちょっと改造してあってね。ふつうの二倍近くは飛ぶ。理論値で五キロ、見通しのいい海上なら一キロは届くシロモノだ」

一瞬、ゾッとしたが、このリモコンもフェイクかもしれない。

「あなたがドルオタを称したり、ライブの爆破で脅迫したりしたのは、要するにわたしたちを混乱させたかっただけなのね」

「さぁ？」

「寺沢副大臣に恨みでもあるの？」

「どうかな？」

シフォンははぐらかすような笑みを浮かべた。

だが、夏希は寺沢副大臣の名前は捜査を攪乱するために使ったに過ぎないと確信した。爆破はフェイクだ。

「わたしはあなたの本当の気持ちが聞きたい」

「あのさ、本気で聞きたいの？」

さらにシフォンの心に迫ってゆかなければならない。こんな状況に陥っても、夏希の心の底にある職業意識は消えてはいなかった。

「もちろん。わたしはあなたの悩みを聞きたい。根っこにあるのは恨み？」

「恨みというか、制裁だよ」

「制裁？　意味がわからない」

「あんたは、ボクがなんで三人を殺したかを知りたいんだろ？」

「三人って……」

夏希の胸は激しく収縮した。

「もう一人殺してるよ。まだ見つけてないのか。警察の捜査能力もたいしたことないなぁ」

シフォンの顔にはまったく罪の意識や暗さが見られなかった。

「誰を殺したの？」

「滝川一義って男だよ」

「そう……」

身体中が冷えるような感覚が夏希を襲っていた。

滝川は殺されていたのだ。

至ってふつうに見える目の前の五十男は、すでに三人の尊い生命を奪っていたのだ。

しばらく口がきけずに夏希は震えていた。

小川の顔が思い浮かび、加藤の顔が、石田の顔が思い浮かぶ。嫌なところもあるけれど、彼らと一緒に過ごした時間がいまはひどく貴重に思えた。

【2】＠二〇一七年八月八日（火）夕刻

「どうしたの？　三人を殺した理由が知りたいんだろ」

しばらくすると、シフォンは眉も動かさずにうそぶいた。

「いままであなたと交わした会話からは少しもわからなかったし、滝川さんは犯人だと疑われてた」

「昨日、小西の店で偶然に警察の連中と会った。だが、簡単に騙してやった。まったく警察は無能だよね」

シフォンは鼻の先にしわを寄せてせせら笑った。

人を三人も殺したことに後悔の色も罪の意識も垣間見ることすらできない。

「なんでそんな悲しいことを……」

必死で自分のこころを抑えつけて、夏希は会話を続けた。

シフォンがこれ以上、犯行を重ねることをなんとかして防がなければならない。それはまた、夏希自身が生き残る道でもある。

シフォンに怒りを吐き出させることで、感情を安定させることができるかもしれない。

いや、夏希がシフォンと話し続けるのは、自分を襲い続けている恐怖から逃れるためなのかもしれない。

「単純な話さ。ヤツらはボクの人格を汚し、誇りを踏みにじった。だから、制裁を加えた」

「あなたたちの間に、いったい何があったの？」

ちょっとの間、シフォンは黙っていた。沸き上がる怒りを抑えつけているような顔つきだった。やがて静かな表情に戻ってシフォンは口を開いた。

「ボクはバブル入社組だ。学生時代は最高の日々を過ごした。ヤツらはその頃は仲間だった。学生時代はいつもヤツらとつるんでいた」

「仲よしだったのね」

「そう思い込んでいた。親友たちだと……」

シフォンの表情が翳った。

「どんな仲間だったか教えて」

「最初にある企業イベントで戸田と会ったのがきっかけだった。食品メーカーの販促イベントでオレもヤツもバイトだった。モデルもたくさん使ったド派手なイベントだったが、オレたちは企画段階からパシリに使われる立場だった。大成功しても別にモデルたちとお近づきになれるわけでもなく、それで広告代理店への採用の道が開けるわけでもなかった。バイトはその場かぎりの使い捨てに過ぎなかった」

「戸田さんも同じ立場だったってこと？」

シフォンはかるくあごを引いた。

「違う大学だったが、こんな企業ベースのイベントでこき使われるのはクソおもしろくもないって話になった。それで、戸田の仲間の筒井や滝川と四人で合同で、イベント運営サークルを起ち上げたんだ。《イベント・クィーン》ってサークル名つけてね。女の子も含めて五十人規模のサークルが起ち上がった」

シフォンの表情がいくらか明るくなった。

「どんな活動してたの」

「みんなでいろんな企画を考えちゃ、バブル期で金の余ってる企業をまわって、スポンサーになってもらった。美女コンや駆け出しアイドルのライブやファン交流会、商品がらみのゲーム大会……いろんなイベントやったよ」

シフォンの顔つきは明るいものに変わっていた。

「成功したのね」

「ああ、失敗もあったけど、だいたいうまくいった。世の中に金が余ってたからね。スポンサーはすぐ見つかったし、チケットだってすぐに捌けた。イベントによっちゃ、チケットにプレミアムがついて転売屋が儲けるほどだった」

「それで、学生時代は充実してたのね」

「ああ、卒業するまではね」

「就職もうまくいったのかしら？」

「戸田は広告代理店最大手の博電社に入り、滝川は求人広告最大手のミルワークに入った。筒井はパソコン通信からネット事業に乗り出したヤフティに入ったってわけだ。みんな未来を向いてる会社さ……」

「とんがった活動をしていたイベント・クィーンの実績を買われたってことね。あなたは？」

シフォンはめいっぱい苦い顔つきに変わった。

「オレの両親は、クリエイティブな業界のことはまったく理解してくれなかった。たとえば広告代理店なんてヤクザな会社には絶対に入るなってうるさくてね。それで、大手の厨房機器専門商社のミヤシタに入った。ホテルやレストランへ納入する厨房機器のシェアでは業界大手の優良企業だ」

自分の就職先を誇るわりには、シフォンの顔つきは冴えなかった。

カウンセリングマインドの基本は、受容すなわちクライアントの言葉を尊重して受け止めることにある。

慎重に言葉を選ぶべきだが、シフォンが、自分の勤めた会社を肯定しているとは思えなかった。

「会社が合わなかったのね」

シフォンは大きくうなずいた。

「まったく合わなかった。企業体質が体育会系そのものだった。新入社員研修から陸上自衛隊の東富士演習場に連れていって愛社精神を叩き込もうとするような会社だった。戦闘服に着替えて泥の中を這いずり回ってたときのオレの気持ちがわかるか？　まさに地獄の黙示録。オレの世界は終わったって思ったよ」

自嘲気味にシフォンは小さく笑った。

ボクという自称は、さっきからオレに変わっている。やはり自分の本性を覆い隠すために使っていたものなのだろう。

「転職したの」

「いや。嘆いていてもしょうがないだろ。オレは一度死んだ気になって、やり直すしかないと思った」

「うまくいったのかしら」

「実戦投入されたときからオレは成績はよかったんだ。営業だったんだが、一年しないうちに同期のなかでは一番の売上げをとるようになっていた。最初の夏のボーナスも、余裕でリッターカーが買えるくらいの金額が出た。三ケタだよ」

リッターカーという言葉はあまり聞かないが、スモールカーのことだろう。

「すごい。いまのわたしのボーナスの三倍！」

「時間はないが、金はあった。だから、さっき言ったオープンカーも買えた。少ない休暇には戸田や筒井たちとスキーなんぞに行ってはナンパしまくった。いいオンナが右から左に手に入った」

「プライベートは充実してたのね」

「だけど、三年目くらいから雲行きが怪しくなってきた。どんどん景気は冷え込み、成績も落ちっぱなしになった。だが、それでも同期の中では一番だったから、オレは踏ん張り続けた。すっかり遊びにも行かなくなった」

「しっかり働いていた……」

「そうだ。オレはしっかり働いた。会社には寝袋が常備されてた。月に何日も会議室の隅で寝泊まりした。月の残業なんて百二十時間を超えるのがふつうだ。だけど、誰もマトモに申告してなかった」

（長時間残業をしている労働者の数がいちばん多かったのは、たしか八八年だったな）

夏希も何かの記事で読んだ総務省の統計を思い出した。九〇年代は華やかな時代の裏側で、サラリーマンの過酷な労働実態があった。「二十四時間戦えますか」という栄養ドリンクのキャッチコピーが流行ったのもこの頃である。

「ブラック企業だったというわけ？」

「いや、いまどきはそんなこと言うけど、むかしはほとんどの会社がブラックだったんだ。みんな我慢して働いてた。それがあたりまえだった。ブラックなんてすぐ言い出すヤツは仕事から逃げようとしているんだ。意気地なしなんだよ」

シフォンはさも軽蔑するように、せせら笑いを浮かべた。

職場の上司や先輩からこのような言葉を浴びせられて苦しみ、うつ状態などの症状に陥る者は少なくない。そんな患者を、臨床医時代の夏希はさんざん診てきている。

いまの時代、モラルハラスメントと非難されかねない言葉である。

だが、モラルハラスメントの攻撃者は、一般的に自己愛が強く、支配できる他者、つまり部下や家族、恋人などに対して優越性を保つことによって精神の安定を保っている傾向がある。それゆえ、誰かにハラスメントだと指摘されても容易に自覚できない。

「オレたちは同期入社の数も多い。同期の中の競争も激烈だった。だけど、いつかは課長、部長になれる、年収も上がるっていう前提で、みんな頑張ってたんだ。オレが入社した頃は四十代の後半になれば、七割の人間が課長以上の地位になっていた。ところが、オレたちの世代で、課長以上の職に就けるのは三割くらいにまで落ち込んだ」

「すべては長引く不景気のせいね」

「そうだ。どこの企業でも組織のフラット化が進んで、オレの会社でも十二あった部が七にまで減らされた。同じ世代で五人が部長の椅子に着けなくなったわけだ。さらにいくつかの部では、部という組織からチームとかいう名前に変えられて、部長に当たる者はマネージャーとなった。実質上は課長級に落とされたわけだ。しかも部長級、課長級は、団塊から下の世代がひしめいている。オレたちが昇進できる余地はない。そもそもいまの不景気を作ったのはあの連中じゃないか。違うか？」

「たしかにそういう考え方もあるけどね……」

「オレは担当課長とかいう、部下が一人もいない役職で飼い殺された。課長なんて名ばかりで残業手当を切るための方便に過ぎない。役職手当も雀の涙でお笑いぐさだ。上のヤツらのエゴさえなけりゃ、オレの実力や能力だったら、取締役にまで出世できたはずなんだ」

シフォンは額にしわを寄せて吐き捨てた。

「あなたは優秀だったのね」

「現にオレは五回も社長賞を獲っている。そんなのは同期ではオレだけだ」

シフォンは得意げに鼻を鳴らした。

社長賞の価値はわからない。また、同期以外の社員の獲得データは提示されていない。シフォンが、自分自身の能力評価に対して、確証バイアスを持っている可能性は高い。

確証バイアスとは、大雑把に言うと、仮説や信念を検証するときに、自分の主張に肯定的なデータばかり収集し、反証しようとしない傾向のことをいう。

たとえば、若者の服装に厳しい人物がいたとしよう。その人物がこの町には髪を染めている高校生が染めていない高校生より多いと主張する場合に、髪を染めている高校生ばかりに目がいってしまう傾向がある。自分に都合のよいことしか見えないのが、人間がふつうに陥る心理状態なのである。

古典的な社会心理学では「人は見てから認識するのではなく、認識してから見るのだ」と表現されることもある。

だが、ここでそんな指摘をすれば、シフォンは黙り込むか怒り出すかである。とりあえずはシフォンに寄り添い、少しでも話させることが肝要である。

「リストラも続いたもんね」

「そうさ。リストラの嵐が吹き荒れると、会社を支配する上の世代のヤツらは自分の身を守るために、オレたちを切り捨てたんだ」

シフォンの顔に怒りが走った。

「年をとると、若い頃の無理がきかなくなる。管理職ともなれば年齢にふさわしい働き方もある。だが、ヒラ社員のままでは若いヤッと対等に戦うことはできない。身体には疲れが溜まる。ちょっとしたことでミスを犯すことも出てくる。そうすると、若いヤツらは掌を返すようにオレのことをバカにし始めた。さんざん面倒みてやったのにもかかわらずだ」

この世代の男性は、会社内で「働かないおじさん」と称されることが少なくない。

だが、若い世代にも多々誤解があって、両者の間の共感性が低くなっているという要素は無視できない。

脳科学的に言えば「働かないおじさん」と若い社員たちの間のコミュニケーションの際には共感性が希薄だと言える。ミラーニューロンがじゅうぶんに機能していないがために起きる悲劇だろう。

「だいたい、世間はオレたちバブル入社組のことがわかってない。この前もどこかの記事に、派手好きで、浪費的な消費性向、マイペースでお気楽な世代と書かれていた。冗談じゃない。少なくともオレたち世代のサラリーマンの人生は、激戦苦闘の連続だったんだ」

「案外、多くの人が、誤解しているかもね」

シフォンは苦い顔でうなずいた。

「やみくもに働いて気づいたら、いつの間にか二十年の年月が経っていた。だが、何も残らなかった。金も地位も名誉も力も、何ひとつ残らなかった。夜も寝ずに働き続けた報酬は、入社したときとロクに変わらない年収が維持されていたということだけだった。オレの人生はなんのために存在したんだっていうむなしさが年を追うごとに募っていったよ。オレたちの世代は孤独だ。知ってるか？　自殺者も多いんだ」

「知ってる。男性の自殺率が一番高いのは四十代後半からあなたくらいの世代なのよね」

精神科の臨床医だった夏希は、そのくらいの基礎知識はある。

近年、自殺率が最も高いのは四十代後半である。仕事の上の悩みを理由とした自殺者数でも同じ世代がトップである。

「支え合う人はいなかった？」

「いなかったよ。一人も」

シフォンは暗い声で答えた。

「ずっと独身だったということ？」

「結婚はした。だが、あいつはオレを見限って出ていっちまった」

「どんな人だったのかしら？」

「女子大生タレントだった五つ下の女だ。もう誰も覚えてないだろうが、当時はテレビなんかによく出ていた。戸田の紹介で知り合ったんだ」

さぞかし容貌にはすぐれていたのだろう。

「キレイな人だったのね」

「そこそこ有名だったし、連れて歩くのには自慢だった。誰からもうらやましがられたよ」

夏希は不快感を押し殺して言葉を続けた。

「だのに、なぜ……」

「子どもができなかった。勉強したいっていうから、全面的に応援した。オレが四十のときにあいつは税理士になった」

「すごいじゃない」

だが、シフォンはイライラと爪先を上げ下げした。

「オレが飯を食わせてやってたんだ。学費だって惜しみなく出した。だから、あいつは勉強を続けられたんじゃないか。それだけじゃない、休みの日は講習会の送り迎えをしてやった。試験前なんてロクに家事もさせなかった。オレがいなけりゃ、あいつのいまの社会的地位はない」

「とても素晴らしいことね」

妻への愛情は、シフォンに少しでも期待できる要素のように思えた。

「だがな、資格を取って大きな事務所に勤めだしたら、あいつはオレのことなんてそっちのけだ。いつも仕事仕事で、夜も遅いし、夕飯も作りゃしなくなった。オレも忙しいから、会社の近くの居酒屋で晩飯を済ませる日が増えた。一挙に収入が増えたから、経済的には余裕ができた。二人で飯食うときも外食ばかりになっちまった」

「二人で過ごす時間が減ってしまったのね」

「オレのことを放り出すようになったから、仕返しをしてやった」

「仕返しって？」

「あいつの仲間のタレントだった女と浮気してやったんだ。こいつはあいつより美人でね。その頃はあいつが稼いでるおかげでオレの給料は好きに使えたから、表参道の《ランベリー》、代官山の《ポール・ボキューズ》、恵比寿の《ジョエル・ロブション》なんて高級レストランに、さんざん連れてったよ。いい女を見せびらかすのは最高に気分がいい。オレと同年代の男たちのうらやましがる顔が見たくてね」

夏希はふたたび不快感を押し殺さなければならなかった。だが、臨床医としての経験から、相手の不快な言動に感情を揺り動かされない訓練も少しは積んでいる。

「奥さまに浮気がばれたの？」

「いや、あいつはオレのことなんか気にしちゃいないから最後までばれなかった。もっとも浮気してたのは半年くらいで、女のほうから袖にされたけどな」

シフォンの顔には罪悪感というものはみじんも感じられなかった。

「浮気がばれなかったのに、別れたのね？」

「三年前、あいつは出ていった。最後になんて言ったと思う？『投げやりにしか生きられない人とは生きてけない』だ」

シフォンの顔は赤くふくれ上がった。

「あいつはオレを利用するだけ利用して捨てたんだ！」

シフォンは手にしていたグラスを床に投げつけた。

カーペットにシャンパンのシミがひろがった。

危険な兆候である。シフォンの心のなかで負の感情がどんどん高まっている。

自分を捨てた妻は、シフォンの他者への愛情に対する激しい疑いとなっているのだ。

いまの夏希にはカウンセリングマインドに則った適当な対応をとることはできなかっ

た。いままで聞いた話に比べてシフォンの心の闇の深いところに触れる話である。また、シフォンが激昂していることで夏希自身も恐怖に脅えている。

「オレは去年、とうとうリストラに遭った」

シフォンはぽつりと言ってしばらく黙った。

「三十年近くすべてを賭けて闘ってきた。だが、そんな努力は会社にとっては屁でもなかった。オレの人生は無意味だったというのかっ」

シフォンは激しい口調のまま、言葉を継いだ。

「それでも食わなきゃいけない。オレは仕事を探し始めた。だが、資格も持っていない五十前の男にロクな仕事があるわけはない。ハローワークなんて、そのうちハの字を見るだけで吐き気がするようになっちまった」

「大変な時代だものね」

「退職金も雇用保険もどんどん減ってゆく。オレは恥を忍んで、むかしの友だちのところへ頼みに行った」

シフォンは暗い顔つきで言葉を継いだ。

「まずは、戸田のところへ行った。あいつは広告代理店に入ったから、最高の学生時代の延長上で生き続けていた。おまけに二十一世紀に入ってからはイベント会社を立ち上げて大成功していたんだ。あいつとは二年に一回くらいは飲んでたから、望みの綱だった。ところが、どうだ。あいつの言い草ときたら『八〇年代で止まっているお前の頭にいまのイベントのイの字もわかるわけはない』とこれだ」

戸田の言い分は理解できるようにも思えた。

「それでも屈辱に耐えて営業でも総務でもなんでもやるって必死で頼み込んだ。ところがヤツはせせら笑いながら、従業員たちを使って力ずくで事務所から追い出しやがった。そのときに腕や腹にできた打ち身の傷の痛みは、そのまま戸田への恨みとなった」

「かわいそう……」

たしかに学生時代以来の友だちに、とってよい態度とは思えない。

「それでも気を取り直して、半年ばかり前に筒井に会いに行った。あいつは学生時代は弟分だったヤツだ。ウェブで生活情報を配信して、しこたま儲けていた。筒井は採用時に使うというテストをやってくれた。ありがたいと思った。一般常識はまぁまぁ解けたが、IT関連の問題はさっぱりだった。レストランやホテルを回って自社取扱製品の長所を売り込む営業ばかりやっていたオレは、PCにもネットにもそれほど詳しくはない。ワープロソフトや表計算ソフトが使えればじゅうぶんだった」

「仕事で使うPCスキルはちゃんと持ってるのね」

この世代はITに強い人間と、まったくダメな人間との両極に分かれる。シフォンは最低限のスキルは持っていたようである。

「すぐに採点して言うことが『ウチで採用するには圧倒的にスキルが足りない』のひと言だ。それでも営業の実績を売り込むと『ITに関して小学生レベルの問題も解けない人間にウチの営業なんかできるか』とこれだ。オレより偏差値も低かったヤツが生意気なことを言いやがって。オレはそこらにある椅子を蹴っ飛ばして外へ出たよ」

シフォンの表情はどんどんまがまがしいものに変わっていった。

「最後に茅ヶ崎にある滝川の家に行った。ヤツはウェディングプランニングの会社を起こして、そこそこに成功していた。ヤツがいちばんひどかった。いきなり一万円札を放り投げて『もう物乞いには来るな』と言いやがった。むかしの仲間にそんな仕打ちをする男をどう思うよ？」

「ひどいね。本当にひどい……」

同情したい側面はあった。たしかに、夏希だって友人と思っていた人間にそんな扱いを受けたら、ひどく傷つくだろう。

殺害された三人は、いずれも脱サラして自らの能力によって、それなりの社会的地位を築いてきたと言うことになる。

一方で学生時代の仲間のうちでシフォンだけが会社に人生を捧げ、裏切られて放り出されたわけである。シフォンが自分の人生を呪っていることはよく理解できた。

「オレは人生の最後に目標を決めた。オレの人間性を踏みにじって泥をかけた戸田、筒井、滝川の三人を処刑することだ。雀の涙の退職金を食い潰しつつ、オレは美しい計画を練り始めたんだ」

「それをあなたは実行した……」

「そうさ、戸田や筒井を拉致したのは、あんたをここへ連れてきたのと同じ方法だ。ひそかにヤツらの行動を探って、暗がりで襲ったんだ。ただ、ヤツらは重い。だから、睡眠導入剤の効き目でふらふらしているところを二人とも全身を縛り上げた。後ろからナイフを突きつけてクルマから歩かせた。戸田は前もって掘って板で蓋して隠しておいた穴に埋めてやった。筒井は後ろから紐で首を縛ってやったというわけさ」

シフォンは得意げに笑った。

夏希の脳裏に二人の男の断末魔の表情が蘇った。

「滝川さんは？」

「ああ、ヤツは釣りが好きなんだ。都合のいいことに堤防や磯での夜釣りが好きだったんだ。調べてみたら、いつも一人だ。いいポイントを他人に教えたくなかったらしい。そう言えば、どうやって殺したのかわかるだろ」

夏希はゾッとした。

後ろから海へ突き落としたものに違いない。

「あんなに危ない趣味はないね。少なくとも他人から恨みを買っている人間はやっちゃいけない。しばらくつけ回してたら、茅ヶ崎の西端にある柳島石積み護岸ってとこに行く日があったんでね。あたりに人がいないのを見計らってね……」

夏希は唇を震わせながらも、懸命に問いを重ねた。

「滝川さんのワールドペディアはなかったのね？」

「ああ、ヤツは戸田や筒井ほどの有名人じゃなかったからな。作ってもよかったんだけど、時間が足りなかっただけさ」

別れた妻をターゲットとしなかったことに、わずかな救いを感じた。

離婚の詳細な経緯は語らないが、シフォンは妻だった女性に対する愛情が完全になくなっているわけではないのだろう。

「もう一回訊くけど、寺沢副大臣とは知り合いだったの？」

シフォンは喉の奥で笑った。

「いいや、まったく知らない男だよ。有馬みはれのライブに来るって記事を読んだから、騒ぎを大きくするために名前を持ちだしただけだ。でも、そのおかげで警察も大騒動になったろ？」

「たしかにね……」

シフォンはようやく白状した。警察庁から織田理事官が出張って、機動隊も出動する事態になった。いまごろはライブ会場のまわりで厳戒態勢を敷いていることだろう。

「じゃ、小西さんは？」

「ヤツはもとの同僚さ。さんざんオレをばかにした男だ。だが、ヤツはオレが恨んでるなんて夢にも思っていなかったらしい。オレはヤツにこの船に乗せてくれと頼んだんだ。そしたら、あっさり承知した。それで、二人で伊豆沖で釣りをしようという話に持っていった。下田沖くらいでアンカリングして泊まる計画も立てた。昨日の午後、江の島を出た船が大磯沖にかかったあたりで、メインコックピットでラットを握っている小西を後ろから襲った。そのまま縛り上げて下に転がしてあるってわけさ」

「こんな大きな船が操縦できるのね」

「三十二フィートの船も四十七フィートの船もそうは変わらない。結局、自分の船を持つようなことはできなかったが、さんざん乗り回してたからな」

シフォンは、下のフロアのベッドルームに監禁しているという小西も、夏希と一緒に殺す気なのだ。

「小西への恨みもあるが、この船は今回のエンディングに欠かせないアイテムなんだよ」

「ねぇ、さっきも言ったけど、計画って？」

必ずやおぞましいものに違いあるまい。

だが、シフォンはニヤニヤ笑っているだけで、答えようとはしなかった。

「過去に何度も無差別殺人なんてやったヤツがいるだろ」

いきなりシフォンは話題を転じた。

「ええ……とても悲しい事件が何度も起きている……」

「あんなものはちっとも美しくない。バカ丸出しだ」

シフォンはあごを突き出してうそぶいた。

とすれば、やはりライブ会場の爆破はフェイクだ。夏希はほんの少しだけホッとした。

夏希自身は絶望的な状況にある。だが、罪もない人々を多数巻き込むことだけは避けなければならない。

「そうよ、美しいはずがない。罪もない人を苦しめるんだから」

夏希は熱を込めて賛同した。

だが、シフォンの答えは夏希の予想とはかけ離れたものだった。

「無差別殺人って言うのは、単純なストーリーしか描けない。あんなもんで自分の一生の最後を飾ろうと考えるヤツはどうかしている。凶悪で練りに練った連続殺人。無能な神奈川県警は手に負えない。現にいまだってオレを割り出してはいないだろう。公衆無線LANを使ってさんざんアクセスしてからかっても警察はオレを捕まえられない。最後に今日の最高に美しいエンディングを世間に叩きつけてやる」

「ど、どんなエンディングなの……」

夏希の声はかすれた。背中にどっと汗が噴き出した。

シフォンの両の瞳に不思議な輝きが宿っていた。

「事実は小説より奇なりって言うが、こんなに素晴らしいドキュメント・ドラマは、過去にもそうはないだろう。これだけのことをやってのければ、必ず誰かが小説に書く。テレビドラマや映画にもなるだろう。オレの名前は、傑作ノワールの作り手として永遠に残る。生きてきた価値がそこにはある」

「ノワール……暗黒小説の作り手になりたかったって言うの」

「いや、小説なんかよりもずっと生々しいドラマだ。あんただって、いままで、その凄(すさ)まじさを鑑賞してきただろ」

「残念ながら……」

凄惨(せいさん)な遺体に出くわして、江の島でひっくり返ったときのことや、辻堂海浜公園で懸命に我慢したときのことが鮮やかに蘇った。

「オレは毎日深夜まで、自分の部屋で綿密な計画を立て続けた。公衆無線LANを使ってあんたらにアクセスする方法を考えたとき、ゲーム機のCDSの中古を使い捨てれば簡単に足がつかめないことも勉強した。PCがそれほど得意でなかったオレだが、いまやネットを使えば、素人でもいろいろな知識が手に入る。ITのことでオレを馬鹿にした筒井を見返してやる意味もあった。睡眠導入剤のことも勉強したよ。処方を間違えてそれで殺しちまったら、何の楽しみもないからな。医者に眠れないって言えば、簡単に処方箋(しょほうせん)を書いてくれた。それを貯(た)め込んだんだ。続けて、自分の行動パターンを何度も検証して、アクセスポイントに設置された防犯カメラの位置もチェックした。どうだ？　いまだにオレは捕まってない」

得意げにシフォンは両手を開いた。

小早川管理官が首を捻(ひね)っていたが、シフォンはPCに詳しくない者が、いわばゴリ押しの手段を使っていたのだ。

「いまごろ、防犯カメラの解析が終わって、オレと特定されてるかもしれない。だけど、逃げ切りゃこっちの勝ちだ」

「あなたは決して逃げられない」

夏希は言葉につい力を込めてしまった。

「逃げてやるさ」

シフォンはせせら笑った。

だが、警察の捜査はそんな甘いものではない。いつかは捕まる。

「オレは、いよいよ計画を実行に移した。ヤツらに制裁を加えるたび、ゾクゾクするほど興奮した。こんなに生きがいを感じたのは学生時代以来だ。日々が最高に充実していた。計画を立て始めてからの数ヶ月、生きているって言う実感を痛いほど味わってきた」

シフォンは取り憑かれたように話し続けた。

社会的にみれば、シフォンは被害者の遺族を始め多くの人を不安や不幸に陥れ、たくさんの警察官に無理な仕事を強いた凶悪犯人に過ぎない。

自分が置かれている現状を把握させ、その意味を自覚させる。

これがカウンセリングの基本だが、いまのシフォンには、どんな言葉も効果を持たないように見えた。

シフォンは自分が実行してきた犯罪に酔っている。

いや、待て……。

（彼の行動はセルフ・ハンディキャッピングではないか……）

遅まきながら夏希は気づいた。

《セルフ・ハンディキャッピング》とは、ある課題を遂行することで自己の能力が明確になる場合であって、さらに遂行の結果として、自尊感情の低下が予期される場合に生まれる心の動きを説明する社会心理学の言葉である。

たとえば、試験前夜に急にゲームをし始めたり、机のまわりを掃除し始めたりするようなケースである。これらは《獲得的セルフ・ハンディキャッピング》と呼ばれ、自分でハンディキャッピングを創り出してしまう行為ともいえる。

基礎心理学の古典的な概念で、ミシガン大学のメイヤー教授がマウスの実験で指摘した《異常固着行動》も同じ心の動きを指している。簡単に言えば「そんなことやってる場合じゃないでしょ」と言うようなケースである。

別の形態として、試験前などに「まったく勉強してない」、「風邪気味だ」などと周囲の友人に主張して、自己の評価の低下を防ぐ行為も含まれ、《主張的セルフ・ハンディキャッピング》と呼ばれる。こちらは自己が持っているじゅうぶんな能力が発揮できない結果を招くことが多く、プロのスポーツ選手などが陥りがちな罠である。どちらも大脳辺縁系が大きく関わっている逃避行動の一種である。

シフォンの綿密な殺人計画とその実行は、自我を防衛するための獲得的セルフ・ハンディキャッピングに該当するように思えるのである。

妻に捨てられ、リストラに遭ったシフォンは、個人的にも社会的にも設計図を描き直し、新たな人生への挑戦を始めるべきだった。しかし、失敗する恐れが強く、今度こそ彼の自尊感情は徹底的に傷めつけられる可能性があった。

そこで、シフォンはいままで自分を傷つけてきた者たちへの報復という、間違った方向へ進み始めた。綿密な計画を練ることで充実感を覚えたために、さらに悲劇的な行為の実行に着手するという自己破壊行動に出てしまった。

夏希は、かつて診た患者でも獲得的セルフ・ハンディキャッピングの事例を知っている。その女性患者は仲のよかった恋人に、突然別れを告げられた。別れの理由も定かではなかった。

だが、彼女はその恋人に会って別れの理由を問いただしたり、もう一度やり直そうと言ったりという態度をとらなかった。彼女は急にフィジー旅行の計画を立て始め、実際に出かけてしまった。

その女性は帰国後、彼を追いかけなかったことの過ちに気づいた。さらに彼が新しい恋人を得たことに深い後悔を覚えて精神状態が不安定になり、夏希の病院を訪れた。獲得的セルフ・ハンディキャッピングの呪縛が解けて現実を直視したときに、人は逃避しなかった場合よりもはるかに大きなストレスを感ずることになるのである。

いままでの会話でわかったことは、最初にチャットで得た印象と変わらない。シフォンはきわめて高いプライドを持つ人間だということである。

シフォンにとってこれ以上、プライドを傷つけられることは、彼の心を壊すことにつながったのだ。そこで、彼は殺人計画へと逃避してしまった。

さらに彼の心のなかでは、自分を傷つけた者への制裁という、誤った正当化がなされていた。つまり、シフォンが何度も主張している通り、連続殺人は正義の実行にほかならないのだ。

シフォンに現状を把握させ、その意味を理解させる困難さを夏希は改めて感じた。獲得的セルフ・ハンディキャッピングの呪縛から、彼が解かれない限り不可能なはずだからだ。

捜査本部での予想に違わず、シフォンが《自己愛性パーソナリティ障害》の傾向を持っている疑いは濃厚である。

いままでの言動を分析すると、WHOの『IDC-10』が掲げる診断基準九項目のうち、少なくとも六つが当てはまる。

①誇大な自尊心をもっていること
⑤権利意識が強い……自分に好都合な特別待遇を期待したり、または自分の要望がそのまま受け入れられることを期待する
⑥自分の目的を達成するために他人を利用する
⑦共感性の欠如

⑧よく他人をねたむ
⑨横柄で傲慢なふるまいや態度

この診断基準で五項目以上該当する者は、自己愛性パーソナリティ障害を持つと診断される。

自己愛が強すぎるゆえに、彼を襲ったたくさんの不幸はシフォンの精神を壊しかねなかった。自己防御の手段として、彼は無意識のうちに獲得的セルフ・ハンディキャッピングに捕らえられた。結果として、一連の凶悪な事件を引き起こしてしまったのである。

「あなたはどんな育ち方をしたのか知りたい」

「オレは両親が公務員で忙しかった。子どもの頃から勉強さえしていればほめられた。それでエスカレーターで一流私大に入れる中学に入った。その後は小遣いもたっぷり貰っていたし、ずっと好き勝手にしていた。幼稚園の頃からずっと放りっぱなしだったくせに、就職のときだけ文句言いやがった。親が余計なこと言わなきゃ、違った人生もあったはずだ。まぁ、ふた親ともオレが二十代の頃に病気でおっ死んじまったけどな」

「もしかして、シフォンケーキってお母さんが作ってくれたお菓子なのかな？」

「だからなんだって言うんだよ」

シフォンは急に不機嫌になって口をつぐんだ。

自己愛性パーソナリティ障害の発生要因ははっきりしていないが、ネグレクトがそのひとつだとする説はある。シフォンは親の愛に飢えている子ども時代を過ごしたのではないだろうか。さらに妻との関係で愛情への飢餓を追体験したのかもしれない。

だが、どんな育ち方をしようと、シフォンのような振る舞いが許されるはずはない。同情すべき余地はまったく感じられなかった。

問題は第二、第三のシフォンが生まれないようにするための方法論を考えることにある。が、これとても容易な話ではない。

つらつらと考えていると、シフォンは、床に置いた別のグラスを取ってワインクーラーからシャンパンを注いだ。グラスの口から泡が威勢よくこぼれた。

「ああ、さっきの質問の答え、今夜の計画だけど……」

シフォンはベッドを振り返って無表情に言った。

「人生最後の時を、百合ちゃんと一緒にすごしたいと思ってね。派手な舞台装置と一緒にさ」

夏希を見てにやりと笑うシフォンに、ふたたび全身が粟立った。

シフォンは死を目的地としてすべての犯行を計画し、実行していたのだ。

いわば「死兵」である。

闘いの場面で、これほど強い者はない。

逃げようとする者はかなりの確率で捕捉する警察の捜査も、死の世界には及ばない。

警察が死兵に勝利することは困難である。

焦燥と恐怖の入り混じった感情の渦に夏希は取り巻かれていた。

つよいめまいが夏希を襲った。

【3】@二〇一七年八月八日(火)夕刻

「アリシア、あれだけ探したんだから、正直、爆発物なんてありゃしないよな」

砂に鼻先を向けているアリシアに小川はグチをこぼしていた。

投入された今朝から、何度このあたりを歩き回ったかわからない。

爆処理チームは引き揚げた後であった。

リハの音にアリシアが脅えて仕事にならない時間帯を除いて、小川は数時間もこの浜辺で爆発物の探査を続けていた。

有馬みはれライブの仮設会場は、茅ヶ崎漁港の西側に設けられていた。

ステージは、漁港に隣接する茅ヶ崎漁港海岸公園の半円形テラスに、数メートルの高さで鉄パイプなどによって組まれている。

厳密にはサザンビーチ海水浴場の隣接地域だが、通りのよい名前を今日のライブに冠したものだろう。

その北側の駐車場に使っている土地には、折りたたみ式の赤いパイプフェンスで囲まれた客席が作られている。客席といっても固められた砂地に過ぎず、観客はここにビニールシートを敷いてライブを楽しむのである。

最前方のステージ前には「関係者席」「取材者席」と墨書されたエリアにロープが張られていた。

寺沢副大臣が座る予定の関係者席周辺をとくに丁寧に探査したが、アリシアは何ひとつとして反応しなかった。

ステージ、バックヤード、楽屋、客席……ひと通りの場所をアリシアと探索した。

だが、アリシアはまったく反応を示すことはなかった。

あと三十分ほどで開場となる。

会場横の道路には、胸をときめかせて入場のときを待つ、たくさんの若い男女が長蛇の列を作っていた。民間警備員の姿もちらほら見える。

二〇〇〇年と二〇一三年に近くの茅ヶ崎公園野球場で行われたサザンオールスターズのライブの動員数一日五万人には遠く及ばない。だが、それでも五千人を超える観客が集まっているはずであった。

観光客の減少に悩む茅ヶ崎にとっては大きなイベントである。

混乱を避けるために、小川の爆発物探査も隠密行動を強いられている。

入場が開始される前に、会場から立ち退く必要があった。

そうでなくとも、アリシアは目立つ。

一方、すでに織田理事官が率いる警備陣が周辺部の警戒任務に就いていた。

副大臣に警視庁警備部SPはつかないので、今回の警備は県警警護員の特別チームがすべて行う。

国道一三四号をはさんで北側には、好都合なことに第二交通機動隊茅ヶ崎分駐所がある。

警備本部は分駐所内に設置され、織田理事官も小早川管理官も、河尻巡査部長が率いる爆発物処理隊第二班も待機している。

いずれにしても警備事案の中心は警備部であって、いつの間にか小川たち刑事部は脇へ追いやられている。

現在、寺沢副大臣は会場に向かって自動車で移動中のはずである。

警護に交機隊の白バイが付いているらしい。

そんなことはどうでもいい。

朝から小川は言いようのない不安と焦燥感に襲われ続けていた。ジリジリとした気持ちに、小川の胸は焼け焦げそうだった。

立ち食い店で食べた昼飯のうどんをひっくり返してしまったり、道路の縁石に作業靴の爪先を引っかけて転んだり、朝から失敗だらけだった。

転んだときに、したたか打った額がまだ痛む。

何度も携帯や固定電話にかけ直してみたが、相変わらず真田とは連絡が取れない。

昨夜以来、シフォン◆ケーキからのメッセージも途絶えたままである。

さらに滝川一義という男の足取りもつかめていなかった。

当然のこと、刑事部でも福島一課長を中心に夏希の危難を心配していた。

単独で真田探しをしている加藤も、何も連絡してきていなかった。

夏希の探索には、本庁から特殊捜査班が投入されたが、現在のところ有力な手がかりは上がっていない。

だが、織田が中心となっている捜査本部は寺沢副大臣の警護を最優先課題としていた。

相変わらず、小川も爆発物を探させられている。

夏希を探せないいまの自分に、小川は腹が立って仕方がなかった。

だが、考えてみれば、夏希と小川の間に職務上の直接的なつながりはない。同じ刑事部に所属する捜査員というだけの関係である。

苦情を言うだけの根拠を小川は持っていなかった。一方で爆発物の捜索は小川とアリシアに課された重要な任務である。

小川の内心と警察官としての立場は甚だしく乖離（かいり）している。

「漁港側もいちおう、見てみるか」

小川は独り言を言って、会場を出て隣の茅ヶ崎漁港に向かった。

漁港の東側には海の家が並び、水着姿の若い男女や家族連れで賑（にぎ）わっている。

海の家で掛けている音楽が風に乗って流れてくる。

「あ、警察の人？　何の用だい？」

《サザンビーチちがさき》とネームの入った黄色いウィンドブレーカーを羽織った老人

が声を掛けてきた。真っ黒に日焼けしているところを見ると漁業従事者だろうか。

「すんません、訓練でーす。許可とってまーす」

小川は叫んで逃げるように老人から離れた。

「今日は堤防から花火上げるからね。犬が驚いちゃうよ」

老人は背後から声を掛けた。

船揚場スロープをはさんで、左右に堤防が突き出ている。左手、つまり東側の堤防はそのまま真っ直ぐに延びて終端部分に赤灯台がある。

右手、西側の堤防は東側の堤防より長く延びて、かなり先で直角に曲がって、漁港の入口を波から守っている。終端部分には青灯台が設けてあった。

青灯台の近くにたくさんの人が忙しげに立ち働いている。どうやら、花火打ち上げの準備中のようである。目を凝らすと、ずらりと並んだ打ち上げ筒らしきものも見える。

小川はコンクリート上に引き揚げられている数艘の小型漁船のまわりをアリシアとともに廻った。

声を掛けてきた老人と同じウィンドブレーカーを着た男性が何人か、小川たちを興味深げに見ている。

「真田、いったいどうしちゃったのかなぁ」

小川は嘆きの声を上げつつ、念のために夏希の匂いのついたハンカチをアリシアに嗅がせてみた。

「うわんっ」

次の瞬間、アリシアが小さく吠えた。

常には見られない反応である。

「どうした？　アリシア」

アリシアは首をこちらに向け、じっと小川の目を見つめた。

「何か見つけたんだな。教えてくれ、アリシア」

小川が頭を撫でると、アリシアはぶるっと黒い身体を揺すった。

アリシアは鼻をコンクリート地面に寄せて、先に立って歩き始めた。

「どこへ行くんだ」

そのままアリシアは船揚場スロープの左端をどんどん下ってゆく。

スロープが海に隠れようという場所でいきなりアリシアは身体の動きを止めた。

その場所でコンクリート地面の匂いを、何度も何度も嗅いでいる。

やがて、アリシアはさっきと同じように首をこちらに向けて小川の目を見つめた。

「くうーん」

ひと言鳴いたアリシアの声は、たとえようもなく淋しく響いた。

「どういうことなんだ。アリシア。ここで真田がどうなったんだ？」

小川は屈み込んでアリシアの頭を抱いた。

「くうん、くうん」

アリシアは淋しげに鳴き続けるばかりだった。

「海か……」

小川は沖合へ目をやった。

アリシアはゴソゴソと小川の腕の間から頭を引き抜いた。

「わんっ」

沖を眺めてアリシアはひと声鳴いた。

薄暗くなり始めた沖合には、十隻くらいのプレジャーボートがアンカリングしている。ライブの音を海上から楽しもうというのか、花火見物なのか。灯りの点っている艇も少なくない。

「まさか……この場所から真田が船で連れ去られたって言うのか……」

小川はうめくように言った。

だが、アリシアの一連の動きが示すものは、それ以外に考えにくかった。

夏希がシフォン◆ケーキに拉致されたとする。被疑者は夏希をクルマで連れ去り、ゴムボートで沖合にアンカリングした船船まで運んだ……。

いま遠くに見えているプレジャーボートのなかに、夏希を監禁している船がある可能性は高い。

「どうすればいいんだ……」

小川は作業帽を投げ捨てて、髪の毛をかきむしった。

いまのアリシアの動きを説明しても、幹部たちがわかってくれるとは思えない。そんな希薄な根拠で沖合の船舶を臨検するわけにはいかない。そう突っぱねられるのが関の山だ。

だが、沖まで動く手段はいまの小川にあるはずもなかった。

小川はギリギリと歯がみした。

「そうだ！」

思い立って小川は、もと来た方向へ戻り始めた。

すぐ近くにいたウィンドブレーカーの老人に尋ねた。この老人も真っ黒に日焼けしていた。

「そりゃあ警察犬かい？」

老人は興味津々にアリシアを見た。

「ええそうです。訓練中でして……」

「へぇ、かわいいもんだねぇ」

アリシアも老人へ顔を向けてじっと見つめている。

「この漁港にレンタルボートはありませんか？」

「いや、そんなものはないよ」

老人はにべもない調子で答えた。

「茅ヶ崎で船を借りられる場所はほかにありませんか」

「ないねぇ。市内で船が着けられるのはここだけだからね」

「この港にはプレジャーボートも入港できるんですか」

「茅ヶ崎漁港は使用を許可してないよ……ただ、ミニボートっていうのかね。レジャー用のゴムボートはサザンビーチでの使用を認めてるね。海の家の東っ側の角っこによ、ボート下ろしていい場所決めてあんだよ」

「そのボートはこの堤防に着岸したりするんですか」

「いや認めてないよ。船が出入りして危険だからね」

「夜間も船は入出港しますか？」

「この漁港には乗り合い釣り船が多いけどね。夜釣りはやってないよ」

「夜間は漁港に来る人いますか」

「いや、早いうちはアベックが来るけどよ。夜遅くは人っ子一人いないな……なんか事件かい？」

老人はけげんな顔で小川を見た。

「あ、そうじゃなくって。俺、船釣り好きなもんで……茅ヶ崎じゃ釣ったことないんですよ」

あわてて適当なことを言ってごまかした。

「なんだ。そしたら、いい船宿紹介するよ」

老人は歯を剝き出してニッと笑った。

「すんません、いま勤務中なんで」

「そっか、なんだかこのあたりでも殺人事件とかあったんだろ。その捜査なのかい？」

老人は身を乗り出した。

「い、いや……今日はこいつの海辺での探査訓練なんです」

「なるほどね。いや、警察もいろいろと大変だね。実はよ、俺の従兄弟(いとこ)の子がよ、県警に勤めてんだよ。川崎の交番勤務なんだってよ」

「そ、そうですか、そりゃどうも……あの……仕事中なんで失礼します」

「ああ、ご苦労さん」

小川は懸命に老人から離れた。

「お疲れさまです」

民間警備員がやって来て敬礼した。

「あ、どうも……」

「本日、堤防から花火を打ち上げる予定です。漁港内から出て下さい」

「すみません。いま出ます」

小川とアリシアは茅ヶ崎漁港からも追い出された。

そのとき、ポケットでスマホが鳴った。

ドキドキして着信表示を見たが、夏希ではなく加藤だった。

「小川、今どこにいる？」

耳もとで不機嫌そうな声が響いた。

「茅ヶ崎漁港ですけど」

「アリシアも一緒か？」

「もちろんですよ」

「十分後にそっちに行く。そこを動くな」

「了解、待ってます」

電話は切れた。

加藤がよい知らせを持ってきてくれることを小川は祈った。

しばらくすると、暮れなずむ沖合に発動機の音が響いてきた。

目を凝らすと、蒼い海面に白波を切って一隻の小型モーターボートがぐんぐん近づいて来る。

タクシーよりちょっと長いくらいのコンパクトな船である。

「おい、アリシア見ろよ」

声を掛けるより早く、アリシアは尻尾をぴんと立てボートへ真っ直ぐに視線を向けて身じろぎもしないでいる。

ボートは大きく弧を描いて堤防へと舳先を向けた。

堤防では騒ぎが起きた。

「なんだぁ？」

「入って来ちゃダメダメ」

「危ないから出てけっ」

花火の用意をしている人々から次々に怒声が上がる。

瞬間、キャビンの屋根で赤色灯が廻り始めた。

「神奈川県警です。臨時に入港します」

屋根上のラウドスピーカーから男の低い声が響いた。

加藤の声だ。

「おいっ、アリシア、行くぞっ」

小川がリードをかるく引くと、アリシアは全速力で駆け始めた。

舳先近くに「べんてん」と黒い字で描かれた警備艇は、江の島署の所属だろう。

機関に逆進を掛けて、東側の桟橋に接岸しようとしている。

小川はアリシアに引っ張られるようにして堤防へ急いだ。

バウ（舳先）に立った作業服姿の警察官が、堤防に向けてシート（ロープ）を放った。

スターン（艇尾）から加藤が飛び降りて船舶係留用クリートに舫いを取る。

「さ、乗れっ」

「え？　乗るんすか？」

「真田はこの沖にいるぞっ」

「マジっすか」

小川の胸はぱあっと明るくなった。こころの底でとぐろを巻いていた黒雲が一瞬にして晴れた気がした。

「急がんとヤバい」

加藤の声は張り詰めていた。

急に小川の胸は収縮した。

「了解っ」

アリシアは小川の指示を待たずに、警備艇に飛び乗った。

一瞬の油断でしゅるっとリードが掌から滑り出た。

「待てよ、アリシア」

小川もあわてて、スターン側から艇内に飛び込んだ。

堤防の加藤がシートをゆるめると、バウの警察官が引き寄せて巻いた。

加藤が艇内に乗り移ると、船が大きく揺れた。

「よし行くぞっ。出せっ」

バウからキャビンに戻っていた警察官がスロットルレバーを握った。

「加藤、いつからお前、提督になったんだよ」

ラットを握った青色の作業服を着た巡査部長がからかうような声音で言った。

「俺はいつだってアドミラルだ」

「わかったよ。船出すぞ」

機関音が上がり、ボートの両舷に白い波が立ち始めた。

「神奈川県警察です。お邪魔しましたぁ」

加藤はリモートマイクで堤防にあいさつした。

「加藤さん、ロープの扱い、サマになってますね」

「俺は横浜水上署に三年いたんだぞ」

「へぇー、そいつは知らなかった」

「そんなことより、真田は十中八九、小西って男が所有するクルーザーに監禁されてる」

「そいつが真犯人っすか」

「いや、そうじゃない。詳しいことを説明してる暇はないんだ。おい、艇長、プリンセス43ってな、四十七フィートもある馬鹿デカいモータークルーザーを探せ」

沖合数百メートルのあたりに、大きなプレジャーボートが何隻かアンカリングしている。

「みんなデカくて白い船体だな。どいつがプリンセス43だ？」

蒼く沈んだ海上の白い影に目を凝らしながら、艇長は眉間にしわを寄せた。

「とにかく片っ端から探せ、フライブリッジを持っていて、四十七フィートの船だ」

「へいへい、ったく、提督だね」

艇長はあきれ声を出しながら、面舵を切った。

警備艇は左に弧を描いて、ボート群に近づいてゆく。

「くそっ、真田になんかあったら、ただじゃ置かねぇぞ。馬鹿野郎っ」

加藤は額にしわを寄せて言い放った。

白波を蹴立てて警備艇は、ボートの群れに迫っていった。


【4】＠二〇一七年八月八日（火）夕暮れ時

紺藍色の宵闇が相模湾に迫っていた。

空と海の境があいまいになってゆくこんな時間の津軽海峡が少女時代には好きだった。

イノセントブルー……谷地頭の沖合にひろがる夏の暮色を自分のなかで勝手にそう名づけていた。

だが、いまの夏希にはもっとも似つかわしくない言葉だった。

無垢、純粋、無邪気。喧噪に満ちた昼の街を闇が覆い隠すことからの連想だった。

夏希は足の縄をほどかれ、コックピットのあるサロンに移動させられていた。

両足を縛っていたロープも解かれた。

暮れた海に手を縛られたまま飛び込む恐れはないと考えたからだろう。

薄暗くなって、ほかの船などから見えにくくなったためなのかもしれない。

シフォンのかたわらには、ダイビングで使う水中銃が置いてある。

逃げだそうとすれば、鋭い銛が背中に突き刺さることになろう。

いずれにしても、状況は少しも好転していなかった。

さざ波の上に若い女性の歌声が響き続けている。

有馬みはれのライブが始まったのである。

ガラス越しでもわりあいはっきりと聞こえてくるのは意外だった。

♪真夏のラビリンス　出口が見えない〜

彼女の名前は今回の件まで知らなかったが、よく通るきれいな声だ。

サロンからは、たくさんの照明に照らされたコンサート会場方向の浜辺が幻の不夜城のように輝いて見える。

シフォンは対面の細長いレザーシートにゆったりと腰を下ろして、クリュッグを飲んでいる。

「あの夏は、ボクも最高だった」

グラスを口から離すと、シフォンはぼんやりとした調子で言った。

サロンに移ったら、また例のベタベタした口調に戻った。

「あの夏って……」

「九一年だよ。七月の終わりに逗子マリーナでユーミンのコンサートがあってね」

「松任谷由実ですか。母が大好きです」

シフォンは、夏希の言葉には反応を示さずに続けた。

「中学生くらいの頃から逗子・葉山のユーミンコンサートには憧れててね。ボクは藤沢育ちだからさ。話題になるんだよ。友だちのお兄さんやお姉さんが行ったってね。でも、チケットもバカ高いし、手に入るもんじゃない。いつかは行きたいと思ってた」

「九一年には行けたのね」

「その頃はチケットもプレミアムが付いててさ。とんでもない値段で取引されてたんだよ。だけど、入社二年目のボクなのに、取引先からポンとプレゼントされて……それも二枚ね」

「へぇ、恋人とのデートで使ったの」

シフォンはあいまいな笑顔を浮かべた。

「チケットを持って来てくれたコと一緒に観たんだよ」

「というとつまり……」

「うん、取引先は、そのコもプレゼントしてくれたってわけ。コンサート跳ねた後はさ、葉山のホテルの豪華ディナーもスィートルームも予約済みだった。もちろん二人分ね。モデル級のいいオンナだったなぁ。朝焼けの海がキレイでね」

シフォンはうっとりとした口調で目尻を下げた。

聞いていて、夏希はどんどん胸が悪くなってきた。

なんという不健全な世の中だろう。

そんな過剰で不法で破廉恥な接待をしなければ進まない取引などあってよいはずがない。女性は素人ではないのかもしれないが、そんなつとめでコンサートに行って楽しいものだろうか。

しかも、すべてのサービスはシフォン個人ではなく、彼のサラリーマンとしての立場に対して与えられたものに過ぎない。

シフォンにとっては、そんな砂上の楼閣に住んでいた日々が幸福だったというのだろうか。楽しげに語るシフォンが夏希にはどうしても理解できなかった。

「でね、後半になるとね、花火が上がるんだよ。逗マリのユーミンのコンサートでは恒例らしいんだけどね。今夜のライブも、花火上がるじゃない。それを見納めにしようと思ってね」

「見納めって……」

「ボクの人生のさ」

「なにをするつもりなの」

声がかすれた。

「いや、百合ちゃんと一緒に天国に行こうかなって」

夏希の身体をさっと血が下がっていった。

「じょ、冗談よしてよ」

声が大きく震える。

「冗談？　いまキミをここへ招待してるのが冗談だとでも思ってるわけ？　洒落(しゃれ)や冗談で警察の人をこんなところに監禁したりしないよね？」

シフォンは楽しげに言って、グラスにシャンパンを注いだ。

「なんでわたしなの。あなたとは先週までは、何の関係もない人間同士だったじゃないの。わたしを道連れにしたい気持ちが理解できない」

サロンの壁に跳ね返る自分の声が耳に不快に響いた。

「そりゃあ、心中の相手がさ、かもめ★百合ちゃんってのは最高じゃん」

「心中ってあなた、何言ってるの」

「ほぉら、怒った顔がかわいい。神奈川県警の大スター。ネット界の新しいアイドル。IQ百五十の天才美人脳科学者。そんなキミと一緒に死ねば、ボクのドラマのエンディングは最高に華々しく飾れるって思ってさ」

「馬鹿なこと言わないで」

「キミはね、ボクの『死の花嫁』さ。インドにサティーって殉死があっただろう。あれと同じだよ」

「サティーですって！」

全身に鳥肌が立った。

かつてヒンドゥー社会では、夫の亡骸(なきがら)を火葬する炎の中に妻が生きたまま飛び込んで焼身自殺するという恐ろしい殉死の習慣が存在した。妻が嫌がっても親戚(しんせき)一同がよってたかって焼き殺してしまうということもあったという。

「なぜ、わたしじゃなきゃいけないのよ。わけわかんないっ」

自分でも驚くほどの激しい声が出た。

「キミは神奈川県警の華だ。いや、すべての警察官、すべての国家権力の華だ。そんなキミはまた、生意気な頭でっかちオンナたちの代表でもある。そんなキミを道連れにすることは、警察の威信を地に落とし、国家権力を愚弄し、別れたあいつみたいな生意気なオンナたちを貶めてやることになるじゃないか。オレの最期を最高に美しいものとするためには、真田夏希が必要不可欠なんだ。だから、オレは計画の最初からあんたをつけ狙ってたんだよ。あんたは少しも気づかなかったけどな」

「あり得ない。絶対にあり得ない」

なんという身勝手な言い分だろう。他人を犠牲にして、人生の最期をブランディングして何の意味があるというのか。

夏希は顔に血が集まってふくれ上がるように感じた。

怒りのあまり声が出てこない。

「ライブ会場の花火に合わせてこの船を爆破する。マスコミも来ているコンサート会場からも目立つぜ。明日のトップニュースだ。有馬みはれがらみで、ネットでも大騒ぎだろ」

「小西さんはどうするつもりなの……」

「ああ、小西だって船長さんなんだから、自分の船と運命をともにさせてやらなきゃかわいそうだろ?」

「死ぬなら一人で死んでよ。わたしも小西さんもあなたに道連れにされる理由なんてない」

夏希の声が壁に響いた。

「ふふふ。もう騒ぐなよ。どうせ、もうすぐクライマックスなんだから」

両の手が自由になるのであれば、シフォンの頰を思い切りひっぱたいてやりたかった。

「あなたはいつもそうやって、女をアクセサリにしてきたのね」

「なんだって?」

シフォンの声が裏返った。

「だって、そうでしょ。浮気相手の話もそう。逗子マリーナのデート相手も同じ。あなたにとって女は愛する対象なんかじゃなかった。いつもあなたは自分を飾る勲章としてしか女を見てこなかったのよ」

「ずいぶんなこと言うじゃないか」

シフォンは唇を震わせた。

「だから、あなたは誰にも愛されなかった。あなたがどの女性も愛さなかったからよ」

「おい、オレを本気で怒らせる気か」

ドスのきいた声でシフォンは恫喝(どうかつ)した。

だが、もはや夏希は開き直っていた。

「どうせ殺すんでしょ。いまさらあなたのご機嫌とったって意味ないじゃない」

言葉を叩きつけると、シフォンの目はうろうろと泳いだ。

「ついでだから言うけど、女のことだけじゃないよ。あなたは五十年も生きてきたのに、自分の心のなかに、《内なる価値》を作れなかった」

「なんだ？　内なる価値って」

「ダライ・ラマの言葉よ」

精神科医は、流行っている宗教、思想哲学の本や、小説を始めとする文芸書はよく読む。

その時々の世の人の考えを知らなければ、患者の悩みや苦しみを理解できない。

「坊主の言葉なんか聞きたくないぞ」

シフォンの言葉を無視して夏希は続けた。

「いつだって、《外の権威》に自分のアイデンティティーを求めようとしてきた。学歴、社会的地位、人に褒められる女房、浮気相手……。あなたが求めてきたものは何？　他人の賞賛じゃないの。そんな生き方では永遠に《内なる平和》は得られない。だから、あなたは追い詰められてきたのよ」

「生意気言うな。おまえにオレの苦しみがわかってたまるか」

シフォンはグラスを放り投げた。

「わかんない。あなたみたいな自己愛人間の気持ちなんて」

「黙れ、黙れ、黙れ」

シフォンは激しい声音で叫び立てた。

「黙ったって殺すんでしょ。あなたは、もう、最後のカードを切っちゃったのよ。わたしを殺す宣告をしたことで、暴力でわたしをねじ伏せることが不可能になったの。だから、わたしは黙らない」

「おまえのそういう理屈っぽいところ、あいつに似てて、むかつく」

シフォンはソファに置いてあったナイフを手にしてゴム鞘を投げ捨てた。

ダイビングナイフのブレードがゆらゆらと光って、夏希の目を射た。

「あなたは奥さんも、そうやって暴力で支配しようとしてたの？」

「うるさい。おまえは本当にあいつに似ている。オレは三人も殺してるんだ。捕まりゃ死刑だ。殺すってのは脅しじゃないぞ」

低くうなるような声音で、シフォンはすごんだ。

「本当にわかってない人ね。もう脅しは効かないのよ」

「脅しじゃないって言ってるだろっ」

シフォンはナイフを振り上げた。

ギラリと刃が反射した。

全身が板のように強張る。

夏希は覚悟した。

そのときである。

艇尾の扉を荒々しく開ける音が響いた。

スーツ姿の中肉中背の男が立っている。

加藤だ。

加藤が助けに来てくれたのだ。

夏希のこころのなかで、いま加藤はスーパーヒーローだった。

「神奈川県警だ。動くなっ」

シフォンは背中をびくっと震わせて振り返った。

大音声で叫ぶ加藤の右手には、拳銃が握られていた。

「ひっ」

首筋に金属の冷たい感触が走った。

「へぇー。撃てば？　大事な百合ちゃん、死んじゃうよ」

夏希の首はこれ以上ないくらい硬直した。

「おいっ、ナイフを捨てろっ」

加藤の叫び声がキャビンにビリビリ響いた。

「いやだね」

シフォンは唇を歪めて拒絶の言葉を吐いた。

加藤の脇にアリシアを連れた小川が現れた。

「畜生っ」

小川は歯噛みした。

とたん、小川の右手のリードがすごい勢いでピンと張った。

「あっ、アリシアっ」

勢いに負けて小川はリードを手放した。

「うぉおおん」

黒い稲妻の如くアリシアが飛び出した。

風を切って、アリシアがシフォンに襲いかかった。

「ぐおおっ」

アリシアは、ナイフを持っているシフォンの右手に嚙みつく。

「痛ぇ、何しやがる」

シフォンは後ろへひっくり返った。

「うわんっ」

アリシアはシフォンの右手に嚙みついて離さない。

「クソ犬、離せっ。うわわわぁっ」

アリシアの攻撃に耐えかねて、シフォンは絶叫しながらうつ伏せに倒れた。

「いまだっ」

加藤が背中から飛びついた。

機械のような正確さで、加藤はシフォンの両腕を後ろから締め上げた。

「痛ててっ」

タイミングよくアリシアは黒い身体をシフォンから離した。

加藤は、シフォンの右手に手錠を掛けた。

「浅野幸治（ゆきはる）、監禁の現行犯で逮捕する」

「くそっ」

左手でシフォンこと浅野はカーペットの床を思い切り殴りつけた。

わずかの間、浅野は身体をばたつかせていた。

「警察に負けるなんて、くそっ」

浅野の歯嚙みの音が聞こえるようだった。

「小川、記録しろっ。二十時五十四分、浅野幸治を監禁で現行犯逮捕」

加藤は張りのある声で宣言した。

「了解、二十時五十四分、浅野幸治を監禁で現行犯逮捕」

メモをとる小川のかたわらに、アリシアがしゅるっと戻った。

何ごともなかったかのように、小川のかたわらでアリシアはすっくと立っている。

「アリシア」

夏希はアリシアに駆け寄っていった。

「ちょっと待てよ」

小川がポケットからカッターを取り出し、夏希の両腕を束縛していたロープを切ってくれた。

「助けに来てくれたのね」

夏希はアリシアの顔に自分の頰を擦りつけた。

アリシアの匂いが心地よく感じられる。

しばらくくっつけていた顔を離し、アリシアの黒い瞳を見つめた。

アリシアはぺろりと、夏希の顔をなめた。

「みんな、ありがとう……」

感極まって、それ以上の言葉が出て来なかった。

「あーあ、アリシアにぜんぶ持ってかれちまった……」

ふて腐れたように、加藤がうそぶいた。

「くそっ、最後の最後で邪魔しやがって。あと少しですべて計画が実行できたのに。オレはスーパースターになれたのに」

両手に手錠をはめられた姿で、浅野は叫んだ。

「ふざけた野郎だ。平気な顔で俺たちをだましやがったな。おまえに計画実行なんてされてたまるか」

「一冊のノワールみたいに、オレは美しく終わりたかったんだ」

「あなたの考えてたエンディングなんて、ちっとも美しくないよ。まだわからないの？」

夏希は語気を強めて本音をぶつけた。

「黙れ。オレはこんなみじめな終わり方は嫌だ」

激しく顔を歪める浅野の叫びは、泣き声にも聞こえた。

「いいから、外へ出ろっ」

加藤に背中をどやされて、浅野は連行されていった。

浅野幸治の犯した罪と、これからの処遇を思って、夏希の心は沈んだ。

「あ、下のベッドルームに、小西さんがいるの」

夏希の言葉に、小川がすぐに状況を理解した。

「わかった。すぐに救出する」

ロワーブリッジに消えた小川の後を、アリシアはトコトコ従いていった。

すぐにライトブルーのパーカーを羽織った男がサロンに現れた。

「本当に生きた心地がしなかったですよ。死ぬかと思った」

髪の毛がぐしゃぐしゃになった小西は涙声を出した。

喜びがこみ上げた夏希は、小西に笑顔を向けた。

だが、軽く会釈しただけで、小西はサロンから出て行った。

しばらくすると、アリシアを連れた小川がキャビンに上がってきた。

左手に大きなポリ袋に入れた何かを持っている。

「船倉付近でアリシアが爆発物を発見した」

「え……」

夏希は絶句した。

小川は静かな表情でポリ袋を目の前に差し出した。

ポリ袋の中身はボール紙で作った四角い箱のようなものだった。

「たいしたものじゃない。花火のものと思われる火薬を集めて導火線を付けたような子供だましのものだ」

「そうだったの……」

やはりリモコンはフェイクだった。

「だけど、爆発物の隣に、ガソリンをわざわざポリタンクに入れて置いてあった。おそらくは、船体の燃料タンクも近い位置なのだろう。誘爆すれば、この船は吹っ飛んだ……」

夏希の全身の血がさーっと下がった。

「間に合ってよかったよ」

小川は、顔全体をくしゃっとさせて、心底嬉しそうに笑った。

「ありがとう……」

それだけ言うのが精いっぱいだった。

キャビンにいる苦痛から逃れたくて、夏希は後部デッキに出た。

久しぶりの外気を、思い切り吸い込んだ。

潮の香りが胸に沁みる。

歌声は止まっている。

暗い海面を隔てたコンサート会場の灯りの中から歓声は響き続けていた。

五千人の心がひとつになったような拍手が潮騒のように鳴っている。

とつぜん、どぉーんという低い炸裂音が空気を轟かせ、夏希は身構えた。

デッキに出てきたアリシアも身体をこわばらせた。

（そうだ。アリシアはPTSDを持ってたんだ）

カンボジアの地雷探知犬時代、爆発した地雷の破片が目に刺さったせいでアリシアは右目が見えない。さらに大きな音などに弱く、パニック障害のような症状を起こすことがある。だが、浅野が絶叫したときにも、アリシアは動じなかった。

（アリシア、よく頑張ってくれたね……）

夏希はアリシアの頭を撫でた。

夜空に五色の花が咲いた。

陸地から甲高い歓声が沸き起こった。

「あ、花火だ」

夏希は小さく叫んだ。

金色、銀色、赤、緑、青。

五色の花が夜空を次々に彩る。

アリシアがすり寄ってきて、夏希の右足にお尻をぴとんとくっつけた。

「アリシア……悲しいね。人って悲しいね」

夏希の声は涙混じりになっていた。

頭を撫でると、アリシアは夏希の顔を見上げて「くうん」と鳴いた。

花火はいつまでも夜空を彩り続けていた。

【5】@二〇一七年八月十二日（土）夕刻

次の土曜日、今回の事件の打ち上げを兼ねて、夏希たちは茅ヶ崎の海辺近くにある小西の経営する「ポルトフィーノ」に集まっていた。

そう。戸田勝利の一人娘愛梨からの情報で、加藤たちが聞き込みに行ったあの店だった。

ジェノヴァに近い海辺の高級リゾートの地名をつけたトラットリアである。東京ディズニーシーのメディテレーニアンハーバーのモデルとなった街の名でもあった。

ゆるやかに漂うアンドレア・ボチェッリの歌声が耳に心地よい。

トリコローレのキャンバスで屋根掛けしてある木製のウッドデッキに、これまた木製のゆったりした椅子が四つ。

夏希の隣に小川、向かいには加藤と石田が座っていた。小川の足元にはもちろんアリシアがうずくまっている。

南側に続く松林の向こうが明るい。

残念ながら海は見えないが、フレッシュな潮の香りが南風に乗って漂い来る。

故郷を思わせる潮の香りは、海上の密室に閉じ込められ生命を脅かされた今回の事件を経ても嫌いになろうはずはなかった。

ほかの三人はスパークリングワインを楽しんでいたが、いまの夏希は見るのも嫌だった。自分だけサングリアを頼んだ。

小西が大皿を抱えて姿をあらわした。

シェフでもないのになぜか、コックコートを着ている。だが、日曜日のデートのときの格好よりずっとマシだった。

「ようこそお越し下さいました。今日は当店自慢のイタリアンを心ゆくまでお楽しみ下さい」

顔を揃えたのが生命の恩人たちとあって、小西はいたって恭敬な態度であいさつした。

オーナー自らが、大皿に美しく盛り付けられたクロスティーニをサービングしてくれた。

「美味しい！」

ジューシーで旨味たっぷりの魚と野菜にからむソースが、瞬時に夏希を幸福にした。

「生ハムそっくりな食感ですけど……お魚ですよね」

「平目の昆布締めをバルサミコと醤油で味つけしてあります」

「昆布締めとお醤油ですか」

夏希が驚いて訊くと、小西はにこやかに答えた。

「うちの朽木シェフは、和食の料理人として修業した後で、イタリアに渡ったんですよ。それで、イタリアと和の折衷もひとつのテーマにしているんです」

平目は平塚漁港で揚がったもので、トマトやビーツの葉は鎌倉野菜を使っているという。

どの素材も新鮮で、味つけのバランスがとてもよい。ポルトフィーノの料理は期待できそうである。

「どうぞごゆっくり」

小西はもう一度頭を下げると、屋内へ戻っていった。

「まぁ、そういうわけで、浅野幸治にはすっかり騙されてたんだ」

グラスの中身を飲み干すと、加藤は話を再開した。

「どうして、シフォンの正体が浅野幸治だってわかったんですか」

小川が不思議そうに尋ねた。

「あれから滝川さんの身辺を洗うと、彼らの学生時代のサークル《イベント・クィーン》と一緒に仕事をしたことのある女性が浮かんできた。この女性に話を聞くと、なんとサークルの発起人の一人が、浅野幸治だって言うじゃないか。そうなってくると、浅野の話していたことはウソだらけだってことになる」

「あいつは、最初から最後までウソばっかり吐いてやがったわけだな」

石田は不快そうに眉をひそめた。

「浅野の野郎はこの店で会ったときもわざわざ滝川さんの名前を口にした。ふつうの犯人ならそんなこと言わないさ。あいつは俺たちと追いかけっこでもしてるつもりだったんじゃないかって俺は思うんだ」

「そうね。警察を相手の大ゲームに人生の最後の花を咲かせたかったんだと思う」

「真田もやっぱりそう思うだろ」

加藤は得意げに微笑んだ。

「ええ、とにかく彼のあまりにも強すぎる承認欲求が今回の悲劇を生んだことは間違いないんじゃないかな」

加藤はうなずいて言葉を続けた。

「滝川さんは相変わらず行方不明だ。浅野が真田さんに歌った（自白した）通り、相模灘の中なんだろう」

しんみりと加藤は言った。

「ま、この気温ですから、そのうち揚がりますよ。ガスが溜まって」

小川もうそ寒い声を出した。

一瞬、筒井の死体発見状況を思い出して、クロスティーニを吐き出しそうになった。

デリカシーのないところは、小川の最大の欠点だ。

「とにかく、浅野の周辺に、うさんくさいことばかり出てきた。失業中だし、辻堂太平(たいへい)台(だい)の自宅からウロウロとしょっちゅう出かけているという情報もつかんだ。ホンボシは浅野としか考えられないじゃないか。となると、小西さんとの船釣りの話だ。俺はピンときた」

「そこで、浅野幸治が、真田と小西さんを監禁してるんじゃないかって思ったのが、刑事(デカ)の勘ってわけですね」

小川はさも感心したように言って、加藤のグラスにスパークリングワインを注いだ。

また呼び捨てだが、まあ今日のところは許してやろう。

「……江の島のハーバーに行ってみたよ。そしたら、小西さんのあの馬鹿でかいボートが真田が行方不明になったその日の午後に出港したまま、帰っていない。あのとき小西さんが言ってた通り、管理事務所にはたしかに伊豆方面に行くと届け出てあった。俺は焦りに焦った」

「気持ちわかります。俺も茅ヶ崎漁港で焦りまくってました」

小川の顔はきわめて真面目だった。

「最悪の事態が予想されたから、俺は署の警備艇を出して貰(もら)った。それでアリシアと小川を茅ヶ崎漁港で乗っけて、沖合を探してみると、案の定、小西さんの船が停泊していたってわけさ」

「加藤さんが江の島署の警備艇で来てくれたとき、俺、マジ涙出そうになりましたから」

ちょっと照れ笑いを浮かべて、小川は自分のグラスを干した。

「さすが、カトチョウっすねぇ」

石田は鼻から大きく息を吐いた。

「おまえ、俺に従いて来なかったくせに、よく言うよ」

わざとらしく石田は肩をすくめた。

「仕方ないっすよ。上の命令は聞かなきゃ」

「ま、お前がいなくても、まったく困らなかった。結果オーライってヤツだ」

「俺だって、真田先輩のこと、すげぇ心配してたんすよ」

「とにかくよかったよ。なぁ、アリシア」

小川が頭を撫でると、アリシアはテーブルの下で「くぅーん」と小さく鳴いた。

みんな、こんなに自分を心配してくれていたんだ。夏希の鼻の奥がツーンとした。

夏希は立ち上がって、加藤に頭を下げた。

「ありがとう。アリシアと加藤さんのおかげで、わたしいまここにいる」

「ま、今回は俺もアリシアの手伝いができてよかったよ」

加藤はひねくれたようなもの言いでそっぽを向いた。

「感謝してます。加藤さんが来てくれなかったら、わたしの生命はなかった」

「いや……俺は別に……」

加藤は舌をもつれさせた。

「真田さんにそれ以上言わせるのは野暮ってもんですよ」

石田がからかうように加藤の肩をつついた。

「おまえ、本庁に行ったら、なんだか生意気になってねぇか」

「そりゃひがみ根性ってヤツです」

「こいつ、俺がいつひがんだって言うんだ」

「湘南地区の所轄に行ったら、あんまり平和すぎるから、湘南ボケしちゃうって言いますしねぇ」

「石田、本気でケンカ売ってねぇか」

「いえ、別に……尊敬するカトチョウを本庁で待ってますから」

「あ。また、上から目線だぞ。こいつ」

加藤と石田の掛け合いを微笑ましく眺めながら、夏希はトイレに立った。

帰ってくる途中の通路で、小西が待ち構えていた。

「来週の土曜か日曜に、またお目に掛かれませんか？」

「え……？」

「あなたみたいにやさしくて強い女性に初めて会いました。どうか今回のお礼に、ゆっくりとご馳走させて下さい」

小西の瞳は熱く輝いていた。

だが、こんなタイミングで言う言葉ではない。

「ごめんなさい。わたし、しばらくどなたとのお食事も控えようかなと思ってまして」

「ダメですか……」

「今回のことでちょっと疲れてしまったんです」

偽らざる気持ちだった。

小西は肩を落として去って行った。

テラス席へ戻ると、すっとアリシアが寄ってきて、夏希の手の下に頭を持って来た。

「アリシア」

夏希はアリシアの要望に応えて頭を撫でてやった。

「あなたは相棒、お嬢さんがボスだな」

隣の席に座っていた六十前後の白髪で白髭の男性が小川に声を掛けた。

薄いブルーのポロシャツの上にサーモンピンクのコットンカーディガンを羽織っている。チノパンによく似合っていた。

「どういう意味っすか」

小川はムッとした口調で訊いたが、男性はにこやかに笑って続けた。

「あのね、犬はリーダーと思っている人の命令は常に必ず聞くんだ。ところが、対等だと思っていると、気が向かないときには命令を無視する。さっき、アリシアちゃん、あなたの命令を無視したね？　あれは対等だと思ってる態度だよ」

　仕事中のアリシアは、夏希の危機の場合を除いて小川の命令を聞かなかったことはない。

「本当ですか？」

　石田がにやつきながら尋ねた。

「いや、犬は群れの動物だからね。リーダーをちゃんと見抜いてるんだ。アリシアちゃんにとって、リーダーはあちらのお嬢さんなんだね」

　男性は笑みを浮かべたままで付け加えた。

「はははは、小川は相棒で、真田が親分か……ところで。お詳しいですな」

　加藤は上機嫌で男性に声を掛けた。

「わたしはこの近くで開業してる獣医なんだけど、アリシアちゃん、実にいい色艶してるね。それにこんなに賢そうなドーベルマンは、さすがにあんまり見たことがない」

「デリケートなんですよ。こいつは」

「そうねぇ。ドーベルマンは繊細だからね。精神的に低調だと、色艶も悪くなるし、鼻の頭も乾いてくる。アリシアちゃんは日々が充実してるんだな。きっと」

「可愛がってますから」

　小川はそっくり返った。

「おいおい、先生に褒められたのは小川じゃなくてアリシアだぞ。そんなに得意になるな」
加藤の言葉に笑いの渦がひろがった。
夏希も久しぶりに声を出して笑っていた。
アリシア、小川、加藤、石田、みな仲間なのだ。
ゆっくりではあるが、同僚たちと心がつながっている。
もうすぐ三十二歳の誕生日だ。
今日のこの時間こそ、神さまがくれた最高のバースデープレゼントだった。
夏希は満ち足りた気持ちで、松林の向こうの青空を見上げた。
（こんな日の海の上の空って、なんて明るくて澄んでるんだろう）
まわりの花も草木も透明な光で包むこんな空が、いつまでも続いてほしい。
前庭に植えられたヤマモモの、揺れる木の葉越しに降り注ぐ虹色の陽ざしがまぶしい。
真夏の森のステンドグラス……。そんな言葉が心に浮かんだ。
木陰を渡ってくる潮風が、さわやかに夏希の頬を駆け抜けていった。

本作品は、書き下ろしです。
本書はフィクションであり、登場する人物・組織などすべて架空のものです。

脳科学捜査官　真田夏希
イノセント・ブルー

鳴神響一

平成30年 7月25日　初版発行
令和7年 2月20日　16版発行

発行者●山下直久

発行●株式会社KADOKAWA
〒102-8177　東京都千代田区富士見2-13-3
電話　0570-002-301（ナビダイヤル）

角川文庫 21038

印刷所●株式会社KADOKAWA
製本所●株式会社KADOKAWA

表紙画●和田三造

ISBN978-4-04-107005-5　C0193

◆◆◆

角川文庫発刊に際して

角川源義

第二次世界大戦の敗北は、軍事力の敗北であった以上に、私たちの若い文化力の敗退であった。私たちの文化が戦争に対して如何に無力であり、単なるあだ花に過ぎなかったかを、私たちは身を以て体験し痛感した。西洋近代文化の摂取にとって、明治以後八十年の歳月は決して短かすぎたとは言えない。にもかかわらず、近代文化の伝統を確立し、自由な批判と柔軟な良識に富む文化層として自らを形成することに私たちは失敗して来た。そしてこれは、各層への文化の普及滲透を任務とする出版人の責任でもあった。

一九四五年以来、私たちは再び振出しに戻り、第一歩から踏み出すことを余儀なくされた。これは大きな不幸ではあるが、反面、これまでの混沌・未熟・歪曲の中にあった我が国の文化に秩序と確たる基礎を齎らすためには絶好の機会でもある。角川書店は、このような祖国の文化的危機にあたり、微力をも顧みず再建の礎石たるべき抱負と決意とをもって出発したが、ここに創立以来の念願を果すべく角川文庫を発刊する。これまで刊行されたあらゆる全集叢書文庫類の長所と短所とを検討し、古今東西の不朽の典籍を、良心的編集のもとに、廉価に、そして書架にふさわしい美本として、多くのひとびとに提供しようとする。しかし私たちは徒らに百科全書的な知識のジレッタントを作ることを目的とせず、あくまで祖国の文化に秩序と再建への道を示し、この文庫を角川書店の栄ある事業として、今後永久に継続発展せしめ、学芸と教養との殿堂として大成せんことを期したい。多くの読書子の愛情ある忠言と支持とによって、この希望と抱負とを完遂せしめられんことを願う。

一九四九年五月三日

角川文庫ベストセラー

感傷の街角　大沢在昌

早川法律事務所に所属する失踪人調査のプロ佐久間公がボトル一本の報酬で引き受けた仕事は、かつて横浜で遊んでいた〝元少女〟を捜すことだった。著者23歳のデビューを飾った、青春ハードボイルド。

漂泊の街角　大沢在昌

佐久間公は芸能プロからの依頼で、失踪した17歳の新人タレントを追ううち、一匹狼のもめごと処理屋・岡江から奇妙な警告を受ける。大沢作品のなかでも屈指の人気を誇る佐久間公シリーズ第2弾。

追跡者の血統　大沢在昌

六本木の帝王の異名を持つ悪友沢辺が、突然失跡した。沢辺の妹から依頼を受けた佐久間公は、彼の不可解な行動に疑問を持ちつつ、プロのプライドをかけて解明を急ぐ。佐久間公シリーズ初の長編小説。

天使の牙(上)(下)　大沢在昌

新型麻薬の元締め〈クライン〉の独裁者の愛人はつみが警察に保護を求めてきた。護衛を任された女刑事・明日香ははつみと接触するが、銃撃を受け瀕死の重体に。そのとき奇跡は二人を〝アスカ〟に変えた!

天使の爪(上)(下)　大沢在昌

麻薬密売組織「クライン」のボス、君国の愛人の体に脳を移植された女刑事・アスカ。かつて刑事として活躍した過去を捨て、麻薬取締官として活躍するアスカの前に、もう一人の脳移植者が敵として立ちはだかる。

角川文庫ベストセラー

烙印の森　大沢在昌

私は犯罪現場専門のカメラマン。特に殺人現場にこだわるのは、〝フクロウ〟と呼ばれる殺人者に会うためだ。その姿を見た生存者はいない。何者かの襲撃を受けた私は、本当の目的を果たすため、戦いに臨む。

ウォームハート　コールドボディ　大沢在昌

ひき逃げに遭った長生太郎は死の淵から帰還した。実験台として全身の血液を新薬に置き換えられ「生きている死体」として蘇ったのだ。それでもなお、愛する女性を思う気持ちが太郎をさらなる危険に向かわせる。

B・D・T［掟の街］　大沢在昌

不法滞在外国人問題が深刻化する近未来東京、急増する身寄りのない混血児「ホープレス・チャイルド」が犯罪者となり無法地帯となった街で、失跡人を捜す私立探偵ヨヨギ・ケンの前に巨大な敵が立ちはだかる！

軌跡　今野敏

目黒の商店街付近で起きた難解な殺人事件に、大島刑事と湯島刑事、そして心理調査官の島崎が挑む。（「老婆心」より）警察小説からアクション小説まで、文庫未収録作を厳選したオリジナル短編集。

熱波　今野敏

内閣情報調査室の磯貝竜一は、米軍基地の全面撤去を前提にした都市計画が進む沖縄を訪れた。だがある日、磯貝は台湾マフィアに拉致されそうになる。政府と米軍をも巻き込む事態の行く末は？　長篇小説。

角川文庫ベストセラー

陰陽
鬼龍光一シリーズ
今野敏

若い女性が都内各所で襲われ惨殺される事件が連続して発生。警視庁生活安全部の富野は、殺害現場で謎の男・鬼龍光一と出会う。祓師だという鬼龍に不審を抱く富野。だが、事件は常識では測れないものだった。

憑物
鬼龍光一シリーズ
今野敏

渋谷のクラブで、15人の男女が互いに殺し合う異常な事件が起きた。さらに、同様の事件が続発するが、その現場には必ず六芒星のマークが残されていた……警視庁の富野と祓師の鬼龍が再び事件に挑む。

逸脱
捜査一課・澤村慶司
堂場瞬一

10年前の連続殺人事件を模倣した、新たな殺人事件。県警を嘲笑うかのような犯人の予想外の一手。県警捜査一課の澤村は、上司と激しく対立し孤立を深める中、単身犯人像に迫っていくが……。

天国の罠
堂場瞬一

ジャーナリストの広瀬隆二は、代議士の今井から娘の香奈の行方を捜してほしいと依頼される。彼女の足跡を追ううちに明らかになる男たちの影と、隠された真実とは。警察小説の旗手が描く、社会派サスペンス!

歪
捜査一課・澤村慶司
堂場瞬一

長浦市で発生した2つの殺人事件。無関係かと思われた事件に意外な接点が見つかる。容疑者の男女は高校の同級生で、事件直後に故郷で密会していたのだ。県警捜査一課の澤村は、雪深き東北へ向かうが……。

角川文庫ベストセラー

ちゃれんじ？　東野圭吾

自らを「おっさんスノーボーダー」と称して、奮闘、転倒、歓喜など、その珍道中を自虐的に綴った爆笑エッセイ集。書き下ろし短編「おっさんスノーボーダー殺人事件」も収録。

さまよう刃　東野圭吾

長峰重樹の娘、絵摩の死体が荒川の下流で発見される。犯人を告げる一本の密告電話が長峰の元に入った。それを聞いた長峰は半信半疑のまま、娘の復讐に動き出す――。遺族の復讐と少年犯罪をテーマにした問題作。

使命と魂のリミット　東野圭吾

あの日なくしたものを取り戻すため、私は命を賭ける――。心臓外科医を目指す夕紀は、誰にも言えないある目的を胸に秘めていた。それを果たすべき日に、手術室を前代未聞の危機が襲う。大傑作長編サスペンス。

夜明けの街で　東野圭吾

不倫する奴なんてバカだと思っていた。でもどうしようもない時もある――。建設会社に勤める渡部は、派遣社員の秋葉と不倫の恋に墜ちる。しかし、秋葉は誰にも明かせない事情を抱えていた……。

ナミヤ雑貨店の奇蹟　東野圭吾

あらゆる悩み相談に乗る不思議な雑貨店。そこに集う、人生最大の岐路に立った人たち。過去と現在を超えて温かな手紙交換がはじまる……張り巡らされた伏線が奇蹟のように繋がり合う、心ふるわす物語。